寶

HERO's ISLAND

下

宝島

真藤順丈

Junjo Shindo

島

高詹燦——譯

目次

下冊

上冊

第一部　琉球的藍

1952——1954

第二部　惡靈跳舞之島

1958——1963

第三部　戰果撈客的歸來

1965—1972

十二　儀來河內幻想、加拉巴哥、島上的世襲

從地上再怎麼定睛凝望，還是有看不見盡頭的地方。

那是遙遠的天空頂端，以及大海遠方的盡頭。

如果得從早到晚看上一整天，那該看哪個才好？

御城和零以前曾因為這個話題而分成「大海派」和「天空派」，兩人展開脣槍舌戰，互不相讓。向親友詢問後得知，以「大海派」占絕大多數。我就說吧！御城極力炫耀自身的勝利。因為大白天就仰望天空，在太陽的強烈照射下會很難受，而且到處亂飛的美方軍機吵死人了。就這點來說，如果是水平線的話，要看多久都不成問題。這樣疲憊的眼睛也會覺得舒服，還能沉浸在彷彿會傳來三弦琴琴音的沖繩鄉愁中。

我們的沖繩信仰中有兩個神之國，分別是朝垂直方向與水平方向來呈現。位於雲端上的「烏富津加久羅」，為琉球王朝樹立權威，而位於大海遠方的「儀來河內」，則是廣泛匯集了平民百姓的信仰。活人的靈魂來自儀來河內，棲宿於母胎中，死後又回歸儀來河內。在那豐饒與生命的根源之地，祖靈

轉生為守護神……

不論是沖繩的哪一處海岸，黃昏時請走到沙灘上看看。你應該能遇到漫無目標的望著大海的老先生老太太，以及無所事事、等著時光流逝的島民。他們全都在遙想所有靈魂會回歸的彼方之地。夢想著能在那裡遇見某人，要和對方聊些什麼。

但也有另外一種說法。

據說從儀來河內這處天地創造的泉源之地，渡海來了良善者與邪惡者。

成為地方英雄的人物誕生的同時，為這世界帶來災禍的妖魔，也帶來了惡運和凶兆。

它們相互交疊，島民在狹小的島上徬徨、迷惑、離散，像被逐出故鄉的亡命之徒般，持續放浪自己的靈魂。因此，御城、零、山子他們周遭發生的事，並非這個世代最大的悲劇。有被更邪惡的妖魔抓走的島民，而且那些擁有令人難以置信的奇聞和祕密的老年人也還在世。但就像島上許多重要的事物一樣，他們都失去了自己的英雄，但還是持續追逐著英雄的身影，並相信這是與島上命運緊緊相連的沖繩敘事詩（所以才會這樣口耳相傳。所有的史實傳承者都往來於時間中，化為積累的風——面對活在當下的島民，以及已故的祖靈，持續嘗試以說故事來重現當時的情景）。御城至今仍會在沙灘上度過午後時光。望著愈靠近水平線，愈是清澈湛藍的大海……

每個人總有一天都會回歸那遙遠的儀來河內吧。

到時候，會有許多話想說。

一九六五年三月，從嘉手納基地起飛的轟炸機朝北越展開轟炸，中南半島的這場戰爭眼看已無法收手。

不過話說回來，美國這個國家還真的是一直在戰爭呢。御城也曾經看過戰場上的照片，那是美軍在一片綠油油的綠地和水田中間行進的畫面。

在地平線的彼方撒下枯葉劑，地雷和燒夷彈奪走農民的性命，而當時在重要政策中主張「歸還沖繩」，而當上內閣總理大臣的佐藤榮作，來到了我們的故鄉。

「我很清楚，只要沖繩沒能回歸祖國，對我們日本來說，『戰後』便不算結束——」

他在那霸機場的那場演說，御城沒到場聆聽，不過高級車一字排開，造成道路全面封鎖，拜此之賜，他平時走的路變得無法通行，光是這樣，他便對這位日本首相很反感。

警局內對於佐藤首相的反應也都不盡相同，有人說「說得真好」，也有人說「竟然提出歸還施政權的要求，他有這個能耐嗎」，質疑的聲浪不斷，回歸協會對於這二十多年來日本都棄沖繩於不顧，發表一篇抗議文，要求提出詳細的回歸日程表，並展開全島遊行，對此，琉球警察全員出動，趕往各地戒備，忙得不可開交。

不管是美國還是日本，拜託，別再增加我們的工作量了——御城常這樣說。「回歸日本」和「反對戰爭」的聲浪不絕於耳，而拒絕因為有基地的存在而使沖繩也成為戰爭加害者的愛鄉人士不斷增加。因為戰爭是美國的拿手絕活，所以最後肯定也會對越南投下原子彈。這座基地島應該也有核武，這項說法向來都有一定的可信度。因為這個緣故，人們高舉回歸日本、反戰、反基地的標語牌，不管再怎麼摀住耳朵，也聽得到人們圍繞著沖繩的自主性展開的齊聲誦念，這都是一九六六年夏天發生的事。

先前追查的案件嫌犯全逮捕後，睽違兩週，他這才得以返回家中。

走進家門後，馬上被皺著眉頭的丈母娘逮個正著。

「哎呀，我還以為是誰呢。好一陣子沒見，我都忘了女婿的長相了。」

被丈母娘狠狠挖苦了一番，御城差點張口嘔了起來。

他匆匆吃完飯，接著洗盤子，打掃廁所，但還是看不出有任何地位回升的徵兆。

就連他的新婚妻子也還賴在被窩裡不出來。

即便他將什錦粥端進寢室裡，幸子也只說了一句「你回來啦」，便把臉轉向一旁。最近好嗎？御城並未氣餒，一邊自顧自地說著，一邊若無其事地躺向妻子身旁，隔著當睡衣穿的姆姆裝撫摸妻子的臀部。此刻正是夫妻倆親熱的好時機，御城呼吸顯得急促，但妻子卻對露出鄙視的神情，就像在說：「這地方怎麼會出現一隻鼠婦呢？」他討了個沒趣，只好自行退散。

能討好的做法他都做了，現在已無技可施。御城開始獨自在起居室裡小酌。夜已深，他已懶得張羅下酒菜。閒來無事，他望向堆在書桌邊角的報紙和郵件，這時他發現約莫三天前的早報裡，夾著一張沒有署名也沒戳章的信封。

裡頭的信紙寫道：

御城，我回到島上了。

因為某個原因，我現在還在躲藏。正在找尋出面的時機。

你先準備好慶祝生還的酒宴吧。

沒寫寄件者姓名。上面就只有三行字。

但他還是很吃驚，酒從嘴脣和鼻子滿了出來。

「……是誰在惡作劇啊。」

誰回到島上來了？竟然還叫我先準備好慶祝生還的酒宴……

被帶往離島，在那裡喪命的摯友，之前已辦過盛大「島葬」為他送終的摯友，現在竟然回來了？不可能有這種事。如果是他本人的話，應該不會這樣拖拖拉拉，裝神弄鬼，而是會選擇令人感動的見面方式才對。他的摯友已死。但現在卻有人用這種方式來炒冷飯，御城實在搞不懂此人是何居心。說到有可能做這種事的傢伙……

「我不在家這段時間，有人來拜訪嗎？可有發生什麼怪事？」

隔天一早，他向家人詢問，但她們兩人都不覺得有異。拜此之賜，御城不論是吃早餐，還是拔草，都心不在焉。幾年前聽說的「島內潛伏說」從他腦中掠過，但那應該只是空穴來風，一切都早已落幕。現在他已不想再舊事重提。

不過，寫這封信的人可沒這麼想。御城也想要找出是誰寄這封信來，但他馬上打消這個念頭。這天他剛好與人有約，非去不可。下午他正趕著為外出換裝時，丈母娘攔住他，對他說——你要出門啊。這時幸子也走出寢室。

「你爸爸就是不懂。」幸子就像在說給肚子裡的孩子聽似的，對御城說道。「當他以彌補的心態打掃家裡，幫忙除草時，他大概永遠也不會懂。」

出門時引發這種紛爭，他也早習慣了。為什麼沒輪值的日子不能待在家中呢——幸子望向他的眼神訴說著心中的想法，但御城向她解釋道：「丟下懷孕的妻子在家，自己出門，我也不想這樣啊。」逃也似地步出家門。

「御城，你動作真慢。你們什麼時候才能學會守時的重要啊。」

「I'm sorry。有了家庭後得面對很多無奈。」

「Hey，有家庭的人可不光只有你喔。」

在軍方司令部與他見面的歐文．馬歇爾，外觀與當初第一次見面時完全沒變。他那頭金髮理得簡潔整齊，渾身不顯一絲老態和贅肉。然而，儘管這位「友人」仍保有往昔的風采，但馬歇爾機構周遭的環境卻不斷改變。對越南的軍事攻擊，奪走這位官員原本臉上灑脫的笑容。

不管佐藤榮作說得再怎麼慷慨激昂，美國還是不可能對這座基地島鬆手。美軍目睹槍林彈雨、倒地不起的戰友、西貢和河內的現實情況，回到島上後，沉溺於酒和毒品中，靠島上的女人排憂解悶。而這也使美軍犯罪率大幅提升，強姦或性侵的被害人數目，光對外公開的就有三百多件。御城奉特別命令搜尋，忙得身心俱疲，嫌犯再怎麼追捕也追捕不完。雖然能領到不必課稅的薪俸，但御城也不得不將定期報告擱一旁，發起牢騷來。

「我們也認識這麼多年了，我都不知道你有家室呢。」

「因為這就是我的工作，不涉入對方的私生活，這對彼此都好。」

「我就快要當爸爸了。我希望能以你當人生道路的前輩，多方徵求你的意見。」

「我是結了婚，但我沒孩子。」

「這樣的話，要如何對待孕吐嚴重的妻子，你也沒辦法給我建議對吧。這幾個月來，我身陷婚姻危機中，這種焦急的感受，你應該是無法明白吧。」

御城已經倦了。他疲憊已極。因極度忙碌而形疲神困，最後有可能步上離婚一途。琉球警察和馬歇爾機構，反覆展開兩邊的搜查，每天過著這樣的日子，他早已瀕臨極限。

之前他也曾提出「請讓我退出特別命令搜查」的請求，但每次都與島上婦孺的安全拉鋸，激起了他的道義心，再加上歐文一流的花言巧語，便又被慰留了下來。但這天，歐文的反應不同以往。面對御城的挖苦，他臉上露出不悅的表情，隔了一會兒，御城向歐文遞出一份夾在檔案夾裡的文件。

「我明白，是你多次提出的那份申請對吧。長期以來確實辛苦你了。和家人相處的時間也很重要。那這麼辦好了，只要你再幫我辦妥這項工作，就以放長假的方式，接受你的要求。就我們組織的特性來說，我們彼此不能失去聯絡，但暫時不讓你參與搜查活動，倒是無妨。」

歐文遞來的資料中，整理了兩名沖繩人死亡的相關報告書和新聞報導。一人是在他位於絲滿的家中被發現，驗屍結果查出，他是因吸食過多毒品而休克死亡。另一人則是在今歸仁村的一株榕樹下上吊自殺。中毒死亡和自殺。沒有任何紀錄提到這兩名橫死者之間的關係。在這兩個地區都沒有基地或軍事設施，而且兩人都是中年男子。這不像是歐文會感興趣的案件。

「上吊自殺的這位，是鷹派的英文報記者。另一人是身為軍方雇員的民間人士。兩人從很早以前就是我的『友人』。」

歐文認識這兩人。是馬歇爾機構剛成立時吸納的諜報員，也就是御城的同輩。這兩人都奉了歐文的特別命令，以各自的管道和調查方法查探在沖繩擴張勢力，專營大麻和鴉片的非法交易組織，及其流通路線和走私方法等。

「他們兩人都和你一樣，是我祕密的『友人』，而他們也都和你一樣，並非是沒頭沒臉的人物。像這一位喜歡鄉村音樂。他會買來中古唱片，請小松先生翻譯歌詞。至於另外一位，我明明說不需要，但他還是一再拿他自己種的苦瓜送我。我根本吃不完。」

歐文眉眼蘊含怒氣。在這些年的往來中，御城很清楚，他對待諜報員，不是像棋子一樣用過就丟。

「他們兩人都是在進行特別命令搜查時離奇死亡。只能研判是被調查對象嗅出他們的動向，而遭到殺害，然後安排成事故或自殺。御城，我希望你能接替這項任務。」

「你可真好心，這就是交換條件嗎？」

「你根據前任者蒐集到的情報，去查探鎖定的敵方老大。」

「要是連我也死於非命，我太太生下的孩子可就沒爹了。」

「這我知道，不過從中國傳來的哈希什[1]和海洛因，是激起休假士兵凶性的燃料。如果能斬斷其中一條主要販售管道，便算是立了大功。如果你憂心島上會淪為像油田火災那樣的慘狀，那麼，這個案件你應該無法視而不見。」

「因為對歐文來說，你是無可取代的重要人物。其他『友人』的訴求，基本上他都不會聽的。」

小松沒替歐文口譯的時候，御城常請他陪同一起到基地周邊打聽情報。在路肩停好車後，御城馬上到胡差的特飲街逛了一圈，打聽毒品相關的消息。

1 大麻的樹脂，以棒狀或球狀物的形式存在。比未篩分的大麻芽或葉的濃度要高。

回歸日本以及越戰。這兩個主題已來到一處大分界線上，在胡差，暴力和動亂更顯猖獗。白人士兵沉浸在搖滾音樂和威士忌中，在街頭直接抽起大麻，聚眾的黑人士兵則是從暗處現身，越過霓虹招牌，又消失在暗處。在特飲街上，白人和黑人一樣有不同的生活圈，儘管如此，雙方還是常引發流血衝突。毒品就像最能保值的貨幣，四處泛濫，他們染上毒癮，危險駕駛，威脅到行人的安全，像熱帶雨林裡的鳥兒一樣鬼吼鬼叫，在空中形成回音。

像這種巷弄，只要稍微往外偏一條街，原本的英語看板馬上就會被「回歸日本」、「反對戰爭」這類的橫向布條和旗幟取代。對地方上的基地淪為進攻越南的據點一事，表達強烈反對的島民聲浪與美軍的喧囂交纏在一起，相互較勁，變得愈來愈高漲。小松說，這座市街將會展開自己獨特的進化。光是在街頭散步，便覺得自己像是在加拉巴哥島上展開生態調查的學者。

「拿我們當珍禽異獸看待是吧，日本人！」

你們說這種話，也未免太諷刺了吧。與當初剛認識時相比，小松現在也能輕鬆地與他對談。小松還說，因為我可能會長期在這裡工作，所以我直接把年邁的母親從日本叫來，在瑞慶覽一起同住。來到沖繩已十多年的這位口譯員，比一般島民還更了解當地的情況。

「不過御城，你是如何擴展你的情報網啊？最近你好像都不需要有我同行，而且英語能力也進步不少。」

「和你們來往這麼多年，簡單的對話不成問題。至於我的情報來源，這就得遵守保密原則了，你說對吧？」

「真的是翅膀硬了。以政府的立場，現在似乎對地方上的協助者存有戒心，所以我希望你盡量避免做出極端的言行。雖然我這個單身漢不太懂，不過，新婚生活真的那麼折騰人嗎？」

因為職業的緣故，小松很善於套話。御城在他的誘導下發起了牢騷。從飯粒乃至於泡澡後的熱水，幸子都有意見。還有丈母娘帶來的壓力。不在家的時候，御城被扔在一旁的私人物品以及郵件……說到這裡，他突然想起那封信。儘管話已來到嘴邊，但最後他還是打消吐露此事的念頭。

「……對了，煙男那傢伙現在怎樣？」

「就我所知，在軍方司令部裡也沒傳出什麼特別的傳聞。」

「現在反美運動這麼興盛，他很可能會走出洞穴，展開行動。」

「這是因為卡拉威的接班人採取安撫政策，也許現在已不再是公然打壓思想的時代了。不過，你為什麼突然提到他？」

那個日本人，才短短幾天便在他心裡種下一輩子都難以抹滅的心理創傷。對御城來說，岸丹尼至今仍像是噩夢裡的領主。那起卡拉威暗殺未遂事件落幕後，他突然悄聲斂息，完全無法查出他的動向。但收到那封信之後，御城有種寒毛直豎的預感，覺得這頭就算在加拉巴哥島上也同樣稀有的凶猛野獸，似乎又要開始行動了。

「御城，你該不會又想四處打探他的事吧？」

那件事已經結束了吧，小松說。信的事，御城隱而不表。他提醒自己留意那名隨著與島上英雄有關的傳聞而像煙霧般現身的男人。總覺得似乎有什麼事會發生。真有什麼萬一時，為了確保活路，最好還是先查探那封信的出處。

車子抵達那霸後，小松並未下車。「竟然偏偏是要和那班人見面，如果你非去不可的話，我在車上等。我說我要在車上等！」不管怎樣也請不動小松，於是御城只好隻身一人走上大樓的樓梯。

那兩名橫死的「友人」都向歐文報告，島上的黑道似乎與毒品暗中買賣有關。在沒有證據的情況下，黑道不可能會承認自己殺人或暗中非法買賣，但御城還是想先和對方見個面打聲招呼。

「我知道你的事。」

果不其然，御城受到「熱烈歡迎」。一大批擠在會客室裡的男人，一張張黝黑的沖繩臉孔，上頭青筋直冒，殺氣騰騰。而像在釣雙帶烏尾鮗般，始終一副悠哉模樣的，就只有坐他對面的又吉世喜。

他是與平良交誼深厚，被視為暗殺計畫共謀者的那霸派首領。是連琉球警察總部也很提防的第一級危險人物。他的部下之所以很想拿御城來血祭，是因為將他視為平良的仇人。

那天晚上，御城第一次朝人開槍。

在走廊上展開的那場對峙，被火速趕至的憲兵打破局面，沒能取卡拉威性命的犯人改為逃走。他們一邊開槍一邊逃出建築，像在耍特技般猛轉方向盤，衝破包圍網，朝國場川的河岸而去。搭船出海是他們的逃脫計畫。跑在最前頭追捕的御城，在他們上船前，拿槍對著平良。與動作敏捷的另一人相比，單腳在地上拖行的平良動作慢上許多。但御城叫他投降，平良卻開槍回擊。直到最後他仍展現出強韌的意志，想要離開這座島。

像那樣的逮捕經驗，當真是空前絕後。平良不同於一般黑道。而看著他嚥下最後一口氣的人，正是御城。

「你們知道嗎？他的遺物當中有一張嚴重磨損的照片，拍了一對母子。他好像一直想去找她住在日本的妻兒。」

那天晚上御城開槍射殺的，是反抗美國的民族主義者、無比驍勇的反體制分子，同時也是一名孤獨的父親。平良希望他那不肯屈撓的雙眸前方，能映照出和家人同在的風景。那傳來和睦歡笑的場所、一家和樂的親子情誼、如泡沫般虛幻的永遠——御城第一次開槍射殺的男人，在他最後眨眼的那一刻，是否看到了這一切呢？

那張照片和訃聞，透過小松的管道送交給了平良的妻兒。說到這裡，又吉挑起單邊眉毛。因為低頭訴說這一切的御城，開始涕淚縱橫，再也無法掩飾。

「你這是……為平良先生而哭嗎？」

我沒哭。我才沒哭呢。我不可能暴露出這麼難看的模樣，而且偏偏還是在黑道面前哭哭啼啼！但就算不想承認，卻還是淚流滿面。可能是因為有懷孕五個月的妻子在，覺得感同身受吧，還有離婚的危機感，也讓他淚腺變得特別發達。要是再繼續這樣下去，御城恐怕晚景也會和平良一樣。

古怪的是，又吉似乎覺得這位淚腺發達的刑警很有趣。為了掩飾自己尷尬的醜態，御城開始步入正題。他問到在絲滿和今歸仁發生的兩起案件。那兩位被害人都在調查暗中販售毒品的組織。你是把我們當嫌犯嗎！會客室裡咆哮聲此起彼落，但又吉不顯一絲慌亂。

「你們對於勢力範圍應該很有意見才對，程度可能和我們差不多，或是在我們之上。命令你調查的，應該不是胡差警局的局長對吧。」

「關於這點，請恕我不多做說明。」

「看在你還為平良先生流淚的分上，告訴你這個情報也無妨。」

「那可就太感謝了，看來，假哭還真是哭對了。」

「你知道邊土名這個人嗎？」

「他是胡差派的幹部對吧。不對，他已經分家了吧。」

「那傢伙離開胡差派，與仲介聯手，在沖繩四處販售毒品。不論是那霸還是胡差，和毒品有關的生意，原本都是被禁止的。」

「的確，你和胡差的老大都下過這樣的禁令。」

「但那傢伙卻沒這麼做。他還不光沾染毒品的暗中買賣。不管是在示威活動中搞破壞，還是擄人勒索，什麼事都幹，以此賺取火併的資金。你的同事因追查毒品而被做掉，十之八九應該是邊土名所為。」

御城身為島上警察，他也知道這長達數年的「亂世」發生的緣由。

雖然報導上沒提，但那起暗殺未遂事件發生後，軍方司令部和琉球警察一起展開毀滅作戰，在胡差和那霸逮捕了上百名黑道成員。

先前那場全面火併落幕了，然而平靜的日子只持續了一段時間。因長期的火併，犧牲同伴也沒得到撫卹金的流氓混混，不滿全往高層發洩，原本關係緊密，無法撼動的組織也出現了裂痕。

那霸派首先發生內鬨。重要的幹部帶著旗下小弟，打起「普天間派」的名號。同一時間，背叛胡差派，和東海岸出身的人一起組成「泡瀨派」的，正是邊土名。就這樣，離第一次火併不到一年，四個組織互相火拚的第二次火併就揭開序幕。率領泡瀨派的邊土名，就出讓地盤的問題，朝老大的座車開槍。老大勉強保住了一命，於是胡差派馬上展開報復，對那些和泡瀨派有關的人展開全面襲擊。

奪取霸權的野心高漲，連對自己有恩的老大也不惜干戈相向，邊土名自己將泡瀨派打造成四處樹敵的武鬥派。在那霸和胡差任由小弟胡來，綁架重要人物，為了殺雞儆猴，還會向對方的愛人或家人下手，將犧牲者遊街示眾。最後甚至做出槍殺又吉身邊親信的暴行，完全與胡差和那霸為敵。結果普天間也配合展開反擊的行動，在胡差、那霸、普天間的包圍網下，泡瀨派被逼入絕境。泡瀨派的成員遭受毫不留情的襲擊，有人甚至以自首的方式，逃進警局尋求庇護，在這種情況下，邊土名等人不得不躲藏逃命，面臨實際解散的困境。

在這場骨肉相殘的爭鬥中，又吉是想讓公權力介入，來追捕躲藏的邊土名嗎？與又吉面對面談過後，會忍不住猜疑，他是否另有其他盤算。對這個男人絲毫不能大意。

「對了，在你剛才的談話中，完全沒提到那小子呢。與你和平良聯手的另一名胡差的流氓。」

「哦，我記得你好像也曾是戰果撈客對吧。」

「你不可能不知道他的下落吧。」

「我現在能站在這裡跟你對話，都是託他的福。他的好運救了我好幾次。」

「我可是從以前就一直在幫他擦屁股呢。」

「既然你和他那麼熟，那你應該也聽說他大哥的事了吧。那小子在離島得知真相後，就成了一個如假包換的放浪者，誰也管不住。獨自踏進我們這些俗人所到不了的領域。」

我不知道他這幾年去了哪裡，又吉如此堅稱。

連你也下落不明是吧，怎麼盡學你哥呢。

零，你人在哪裡，在做些什麼？

那天晚上，御城從橋上跳向駛離岸邊展開逃亡的船隻。他在甲板上壓制的另一名主嫌，並不是零。

對方揮舞的刀子，一點勁道也沒有。將他上銬時，感覺很不對勁。陌生的眼眸，陌生的聲音。扯下對方的蒙面後，從底下冒出的那張臉，是一張看起來很愛說話損人的臉，長得活像閉殼龜。他不是零。

在獄中服刑的寺須說，在動手前，平良決定將零換下。他刻意告訴零另一個不同的時間。零在離島得知大哥死訊後，變得心慌意亂，自暴自棄，可能全被平良看穿了吧。平良似乎還說，不管是再怎麼派得上用場的男人，變成那樣就不管用了。最後沒能逮捕到零，御城沒掌握這解救島上命運，千載難逢的好機會，心中頗感失落。那天晚上對御城來說，最重要的就是親手逮捕零，和他說話。

從那之後一直到今天，都沒有零的消息。又吉說，他成了一個如假包換的放浪者。此刻他無法接受大哥喪命的事實，跨越了理性與瘋狂的界線，不斷地徬徨迷失。就像平良一樣，甚至走向比平良還嚴重的境界。御城不禁覺得，零深陷在幸福的家人幻影中無法自拔的模樣，就像自己也可能會有的另一種人生。

總之，眼下就是邊土名和零。他得追捕胡差的這兩名黑道人物。

可惡，就不能讓我輕鬆點嗎？

御城如此抱怨，在流氓的目光注視下步出事務所。

這時，在車上等候的小松正與街上的年輕人起口角。似乎是這群年輕人正準備進入事務所裡，小松喚住了他們。替流氓跑腿的小弟。黑道流氓的接班人。那些十多歲的少年當中，有一張御城熟悉的臉孔。

「你還在這種地方賺零花啊。」

不像沖繩人的長相，帶著基地島特有的濃重暗影。身高已經和大人差不多。

他披著一件金黃色的棉狹圖案襯衫，鈕釦完全沒扣。

我不認識你們，你們是認錯人了吧？宇太裝不認識，正準備走進屋內，御城將他拉向巷弄的角落邊。

「我要帶你回警局輔導，因為你在黑道的住處出入。」

「你是為了平良先生的事，來這裡道歉的吧。」

「我剛才不是說了嗎，御城不是來道歉的。」小松想跟他講理。「他可是和政府交涉，阻止了一起重大犯罪，立下大功的人物呢。」

「又吉先生肚量大，你才撿回一命。」

「你這什麼口氣，講得好像又吉他們是你親人一樣。」

「你也不是我的爸爸或兄弟啊。」

「你這小子，是正值叛逆期嗎！」

「這裡的人都不會乖乖聽美國人的話。」

在宇太那天生好親近、悠哉樂天的個性底下，顯露出對警察和美國民政府的反感。他已經十四歲了嗎？聽說他很沉迷吉他和三弦琴，還會自己作詞作曲，但他還沒跟流氓斷絕關係嗎？

年輕人原本就因為青春期而有過多的熱情無從宣洩，而現在故鄉出現在他們面前的敵人，就是美國人和美軍基地。此時宇太也到了懂得想像自己出身的年紀，這更加重反美情緒。絕不能讓這樣的危險少年，在有可能是暗殺計畫主謀的危險人物所在處出入。

「大家可能都忘了吧，儘管在示威活動中罵得很盡興，但重要的事卻很快就忘了。御城你也是，對美國人那麼賣力搖尾巴，你忘了以前的事對吧，而且還不小心奉子承婚。」

「啊？這種事現在已經不重要了。」

「你讓女警懷孕對吧，你這個色鬼。」

「少跟我沒大沒小。我這是戀愛結婚。」

「那你包紅包給我啊，小氣鬼！」

御城心想，對了，這小子開始頂撞我，好像是從我入贅那時候開始。也就是說，宇太對於御城沒能修復自己和青梅竹馬間的關係，改跟其他女人在一起，感到不滿嗎？也許宇太對美國走狗的反感變得更重了，而且從私生活中嗅出大人之間的欺瞞，才會這樣板著臉一再指責他的不是。

儘管已過了這些年，御城還是老想著那件事。

隨著零失去行蹤，就連山子也疏遠了他。

御城深信，只有他能一直陪在山子身邊。因為再怎麼說，他們兩人畢竟一同克服了許多困難。成為警察前所歷經的鍛鍊和熬夜念書。山子的教師資格考。當其中一方被過去的惡靈打敗，面變得形容憔悴時，另一方就會化為枴杖，助對方度過難關。所以他相信，那從某個時期開始出現的疏離感，總有一天會消除。正因為深信不疑，所以他什麼都肯做。寫長篇書信、不斷說「總會有辦法的」，把一輩子的份全說光了，將一切不好的事全怪罪到美國和戰爭上（也曾進一步往前回溯，怪罪到琉球處分[2]的事情上）、在山子家門前靜坐示威、工作結束後便到山子家附近閒晃（還特地要戴著手銬的暴力犯陪他同行！）。花了幾年的時間，能做的都做了，但兩人還是沒能在一起。拜此之賜，他落入人生當中最糟的精神狀態下。他心裡想，那個東坡肉女去吃屎吧，還趁著醉意向一名女警調情。戴卡其色船形帽很好看的幸子，從以前就對御城有好感，一雙圓眼相當可愛。她健美的身材無比耀眼。當她告訴御城「你要當爸爸嘍」時，他也曾在心中立誓，我要改頭換面，要奉獻今後的人生，讓妻兒幸福，不再對那傢伙有任何眷戀。

你常和她見面對吧，她現在過得怎樣？御城將來到嘴邊的話又嚥了回去。他現在還是無一天不思念著山子，但他不想被宇太看出來，因此刻意提到自己的另一名兒時玩伴。

「那傢伙有沒有跟你說些什麼？沒和你聯絡嗎？」

「我不知道零的事。」

「你替又吉和零牽線，當他們聯絡人對吧？」

「誰要做這種事啊。零那傢伙扔下我們不管，他去當水蛋的食物最好啦。」

宇太突然發起火來，出言駁斥。他是想掩飾什麼嗎，還是說，比起御城，宇太更生零的氣。

「零他做了不該做的事。」

宇太一時衝動脫口而出的話，御城可沒漏聽。

這是什麼意思，什麼是不該做的事？

御城一直在暗中打探的事，宇太也許也已嗅聞得知。

如今回想，當時他們心裡早已做好相當的心理準備。所以御城才會在得知摯友的噩耗時，沒情緒崩潰，而山子心裡應該也有所準備才對。

但自從零回來後，一切全變了調。不管怎樣，山子就是不肯說出到底發生何事，如果逮到零，在對他展開偵訊前，御城有個問題要先問清楚。那就是——你對她做了什麼？

「不過，你一直到處追查零，實在很奇怪。你不該追查自己的朋友，而是應該追查美國的變態和殺人凶手才對吧！」

宇太從御城和小松中間穿過，小跑步奔向巷弄。「真是個複雜的年代啊。」小松嘆氣道。

宇太想說的，也許是御城離開山子，零也離開山子，而御城老是在追查零的下落，他實在看不下去。三個人各過各的活，看了教人心急——不過宇太，關於這點，我們也很無奈啊。

2 琉球處分是指日本吞併琉球的過程。從設立琉球藩到沖繩縣的設立，以及後來分島問題的發生，這個過程前後長達九年，也被稱為琉球處分時期。

十三　聖夜的禮物、發怒的教師、大審問

沒有郵戳的信，並非光只是寄給御城就沒了下聞。

同年十二月，也寄給了其他島民。

每天上完課，便前往回歸協會或教職員會的事務所。兩邊的總部都電話響個不停，牆上貼滿反戰訴求的海報，同志們擬定靜坐和抗議集會。山子的工作和當初開始推展民運的時候沒多大不同。在不同時候，針對當時最大問題點的事件，寫傳單（要小心別淪為千篇一律）、蒐集簽署陳情書、安排對琉美政府的施壓（拜此之賜，政府窗口的負責人她全都認識）。熟讀日本和立法院的議事錄、政黨和工會的宗旨書，如果有客人，就去說聲歡迎蒞臨，帶他們去接待室。

「妳現在變得很幹練呢。我還記得當初屋良先生帶妳來，妳那漂亮的雙眸紅著眼眶。現在已完全成了一位回歸協會和教職員會都不可或缺的重要人物……」

歲末將至的這天，瀨長龜次郎前來慰勞大家。與這位敬愛的人民黨員握手的山子，感到情緒激昂。一直以來，我們大家都是因為有龜先生的背影在激勵著我們。

「在此非常時期，妳想必也很忙碌吧。」
「不，這沒什麼。因為我不能容許那種束縛思想信念的法案通過。」
「似乎明年初就會送交正式會議表決。一旦通過公教二法案，回歸運動就會失了先機。重要的是我們要團結一致。像這種時候，就需要有妳這樣的人。」
「龜先生您能來，就是給大家最大的激勵了。」
「妳是胡差的聖女貞德。我甚至很希望妳能當我們黨的書記長呢。」
「哎呀，您就別再說客套話了！」
最近山子他們正為了扯斷那束縛教師的鎖鍊而一再奮鬥。束縛島上教師從事政治活動的「地方教育區公務員法」和「教育公務員特例法」這兩個法案，由保守政黨提出，一旦表決通過，島上的教師只要參加示威活動，就可能職位不保（我們沖繩的中小學教師，過去都沒有限定身分的法案，因此這個法案看準的，是要保障教師的身分，同時禁止其從事示威或有爭議的行為）。正因如此，雖然山子不是聖女貞德，但島上的教師在回歸運動中擔任旗手的角色，可說是民運的主力，所以屋良朝苗、瀨長龜次郎，以及山子他們，也都怒不可抑，認為阻止公教二法案付諸決議，是成敗的重要分水嶺。
「明天就是耶誕節是嗎？」瀨長龜次郎說：「一邊與美國人抗爭，一邊又慶祝美國的神明誕生，這真的很奇怪，妳會回家嗎？」
「我會和孩子們一起過。還得去準備禮物才行。」

「那太好了。這種享受節日的方式最棒了。」

就算不是美國兒童福祉會出資的基督教孤兒院，島上的兒童養育幼院也都會在耶誕晚會上舉行類似的活動。採買禮物，準備大餐和裝飾，山子今年同樣勤奮地張羅。自從首里的育院願意收容胡差的孤兒後，山子便常與他們往來，一年四季的各種節慶活動，她都會主動幫忙。

「好，再來只要調味，以小火燉煮就完成了。」

「好像連餅乾也烤好了。明明就快開始了，小哥怎麼這麼慢。」

「他只要一出門，就遲遲不回來。不知道跑哪兒去了。」

「只有小哥知道的祕密場所，多得數不清。他也沒全部告訴我。」

不像其他孩子一樣擠在一塊布置聖誕樹，而是在廚房幫忙的小清，見宇太遲遲未歸，心裡很擔心。

晚上七點，耶誕晚會開始，大家端起果汁乾杯。山子特製的鮭魚和奶油雞肉燉飯，令孩子食指大動。在一片和樂的聲音中，山子與熟識的職員津波古小姐聊天。人稱首里之母（她那充滿肉感的擁抱和燦爛的笑容，也令山子得到療癒）的她，也和山子一同在回歸協會工作。

最近他成了不守門禁時間的慣犯呢，津波古小姐一臉困擾地說道。在育幼院裡，父親是美國人的孩子並不罕見，但六歲以前來歷不明的孩子倒是少見。正因為這樣，宇太也令津波古他們傷透腦筋。雖然宇太在育幼院裡是個最會照顧人的小哥哥。敬達、小徹、千春（因為疾病或事故而失去父母的孩子）、鶴雄和龜雄這對雙胞胎（因為父母沒有養育能力，而託付到這裡的孩子）、瑪利亞、喬治、長敏（父親是美國人、臺灣人，或菲律賓人的孩子。當中見過父親的人只有一半），在耶誕晚會裡都很開心，兩頰泛紅，大聲歡笑，也和山子天南地北地閒聊。山子老師，妳今年還是沒嫁出去呢，面對這樣的調侃，山子也早習慣了。

「哎呀，今晚辦派對嗎？」

到了晚上九點多，宇太這才回來。

你回來啦，小哥，你回來啦！馬上被其他孩子包圍。

現在這個幼育院對宇太來說，一定覺得太小。

從當初相遇開始，他就走自己的路，不過最近他已不再掩飾討厭美國人的想法，在育幼院外總是與不良少年往來，正因為早熟，往往很容易誤入歧途，育幼院職員也都很擔心。不過，育幼院裡大部分孩子還是很喜歡他，看到這一點，山子心中開出了一朵鮮紅的刺桐花。

不過，門禁時間不容挑戰。山子詢問宇太去哪裡，他冷冷地應道：「唱片行。」

「我去了一家很遠的店。」宇太噘起嘴。「為什麼每個人都叫我要趁天黑前趕快回家。」

「因為走夜路危險啊。美國人就連對小男孩也會攻擊！」津波古小姐講得很嚴重，以此嚇唬宇太。

「對對對，也可能會被飆車的人撞傷。」山子也在一旁幫腔。「要是小清很晚都不回家，你也會擔心吧。」

「今晚要好好慶祝，兩位就別再講這種小家子氣的事了。」

唱歌吧，小哥！在其他孩子的央求下，宇太開始配合耶誕歌曲彈起三弦琴。會編曲寫詞的宇太，弦樂器的技藝也不輸行家。再怎麼說，沖繩的孩子都帶有喜愛宴會的血脈。宇太回來後，成了宴會的核心人物，每個人都歡笑不斷，高歌嬉鬧，猜拳決定下一首要請宇太演奏的歌曲，同時跳著琉球手舞，男孩子用拇指互戳屁股嬉笑（要是一不注意，肛門就會遭受灌腸之刑，喝，噗哧！）。扭抱在一起，提高彼此親密程度的一體感、充滿幸福感的胸中心跳，對山子來說，同樣既熟悉又懷念（太棒了！太棒了！感嘆聲自行湧出。如果有哪位史實傳承者沒將宴會算進這世上的美好事物中，那他一定是冒牌貨）。原本倚在窗邊的小清，望著和她一起長大的小哥，臉泛潮紅，隨著演奏打著拍子。看到她噘起小嘴形成的酒窩，宇太也浮現笑容，一面因熱氣而汗如雨下，一面用五根手指彈響琴弦。

「哈哈哈，琉球手舞和聖歌果然不搭！」

看宇太的眼神便可明白。對於同一時期進入育幼院的小清，宇太對她似乎懷有一份特別的情感，絕非單純只是哥哥呵護妹妹這種情感。

小清的父母都是沖繩人，但她兩歲時，父親失去下落。在美里當女服務生的母親，照顧不來這孩子，每天只給她最基本的食物吃，完全沒負起育兒的責任。鄰居看了不忍，找民生課談這件事，也和她母親討論，最後以暫時避難的形式，讓小清留在育幼院裡。

當初明明老穿著同一件尿布，都不更換，受盡不人道的對待，但小清到現在似乎仍會誤把女性職員叫成媽媽。都十歲了，卻還是改不了尿床的毛病，連一起生活的那些年紀較小的孩子也都知道這件事。小清對此感到苦惱，但她愈是在意，這症狀愈嚴重。

「小清就連皮膚也變差了。」

「醫生說，轉換心情是最好的辦法，所以宇太帶她去做海水浴。」

山子一面望著眼前熱鬧的宴會，一面與津波古小姐聊天。小清的臉頰和脖子上形成的溼疹，在熱氣下更為明顯。

「結果發炎了。宇太說，她碰觸了附近基地丟棄在海中的化學物質。美國人盡幹壞事。不過我也告誡他，那件事是真是假，還不確定。」

宇太和小清。兩人還不到十歲時就常單獨外出。津波古小姐說，他們每晚一定都會一起刷牙。弄得嘴滿泡沫，用牙刷刷牙，然後對著鏡子相視而笑（應該是孤兒時期連要刷牙都沒辦法吧。宇太曾對山子說，能讓自己變得口氣清新，感覺很棒，這是他進育幼院後最感動的地方）。就算是出外遠足也一樣，如果兩人一組，小清從中落單，宇太總會牽起她的手，即便受人嘲諷也不在乎。

「對他來說，小清就像是於成神[3]一樣。」

也許就像津波古小姐所說。因為在這座島上，「妹妹」具有神祕的力量（對哥哥而言，妹妹是會成為靈能守護者的重要角色，例如男人要出外戰爭或長途旅行時，會以妹妹的頭髮或衣物當護身符，這是島上的風俗）。若說他們這是男女之愛，還有點模糊不明，不過，也正因為這樣，充滿了純潔的關懷體貼，在十幾歲這個年紀，如果運氣好的話，確實有可能遇上這樣的對象。

深陷鄉愁中的山子，回想自己的過去。

我自己又是如何呢——

總之，為了讓自己重視的妹妹開心，也得請宇太幫忙才行。這場耶誕晚會也差不多該結束了，山子將演奏得滿頭大汗的宇太帶進器材室。她請宇太幫她按住坐墊，以膠帶纏在肚子上，幫忙戴上毛茸茸的白鬍子，並檢查看帽子是否彎曲。

「我是拿禮物的那一邊吧。」宇太一臉不滿。「禮物，給我禮物。給我錢也行。」

因為男性職員感冒請假，所以由山子代打。好，我們上吧。她將裝滿禮物的袋子扛在肩上，搖晃著鼓起的肚子，衝進大廳喊道：「耶誕快樂！」

但奇怪的是，理應很受歡迎的場面，可是大廳卻成了一具空殼。

孩子全聚向育幼院的玄關前。到底是怎麼回事？

正門和主屋中間堆滿了袋子和木盒。院童歡聲雷動。這些送來的物品對孩子而言，如同是金銀珠寶。

鍍錫人偶、船和飛機的模型、玩偶、三十四色的色鉛筆、冬天穿的夾克、毛衣、丹寧襯衫、還沒

3　沖繩的地方信仰，認為妹妹具有守護哥哥的靈力，將妹妹神格化。

穿鞋帶的新運動鞋、棒球帽、鯊魚造型的背包。還擺著裝不進袋子或盒子裡的三輪車和木馬。每個都像是擺在基地店家裡販售的美國製產品。

「這是山子老師訂的嗎？」津波古小姐朝她咬耳朵道：「這麼多禮物，以育幼院的預算不夠支付呢。」

「咦，這不是我訂的。」

院童們發現山子，大聲嚷道，冒失的聖誕老公公，不能將禮物擺在這裡啊。因為扮裝的緣故，這些東西變成了山子聖誕老公公送的禮物。是有人捐贈嗎？是某位慈善家把禮物留在這裡，沒知會職員嗎？清一色全是美國製的產品，擺在玄關前的贈禮——曾在哪兒聽過這樣的故事。

這時，小清朗聲喊道：「這上面寫著山子老師收呢。」在一個塞滿玩具和童裝的木盒裡，附上一封寫給山子的書信。

我回來了，這是生還的提前慶祝。

明明只是一行字，卻暗藏了像咒文般的力量。

那是令山子當場坐倒在地的咒文。

難道這是那位遲遲未歸的戰果撈客寄來的信？

上頭寫著「我回來了」。山子理應永遠再也聽不到的那句話……

此事太令人意外，山子不得不坐下。驚訝、困惑、感傷，順著她的背脊一路往上爬。感覺得出自己心跳加速。

「上頭寫著我回來了，意思是有人回來嘍？」小清望向信中的文字。

「啊哈，應該是零的大哥吧。」宇太如此說道。

「你怎麼會知道？」

「就是那場海邊告別式歡送的對象吧。號稱胡差英雄的那個人。」

「原來你知道。」

「難道他復活了？啊，這些該不會是『戰果』吧？」

「你連戰果這個名稱都聽說啦。」

山子恍恍惚惚地答道。這也是她勉力而為的回答了。

宇太激起了好奇心，不過這不可能是那個人寄來的信。

難道是從陰間寄來的？他明明就已經程啟前往遙遠的大海彼方。

這明明是大家都知道的事。為什麼現在還會出現這種東西。

是誰這麼做？生還？送到玄關來的戰果，知道這件事的人……

她無法掌握這封信真正的意圖。暈眩將山子牢牢地困在地上。

自己還活在世上的現實，與大海盡頭的另一個世界，此刻就像沒有區隔和分界般，緊緊串連在一起，令她感到困惑。

同一個夜裡，在胡差的各個地方，都發生了歲末的奇事。街上到處都收到匿名的贈禮。例如小學收到文具和事務用品（連飼育小屋的兔子飼料都有），醫院收到碘酒和ＯＫ繃（還有其他來再多也不怕的消耗品），農家收到機油和肥料，最貧困的地區則是每戶都收到食品罐頭（有切片豬肉、鳳梨、魚貝類等等），至於工會和市民團體則是收到酒瓶（意思也許是在替民運撐場面吧）。胡差的人議論紛紛道，這不就像「戰果」嗎？這是知道過往的人一看就明白的做法，難道是哪個行徑古怪的聖誕老公公所做的慈善活動嗎？

沒人向警局通報此事。這全都是對生活大有助益的物品，而且既然這是慶祝耶誕節的禮物，那就抱持感恩的心收下吧。不過，這可不能單單只當作是一晚的奇事來看待。在這處基地街，這件事讓人從中看出特別的訊息。

如果這個人不是聖誕老公公，那他或許是在模仿那位已故的胡差英雄。

是有位匿名者想用這種行徑來傳達什麼訊息嗎？

……以前曾有過這樣的時代對吧——這是他想說的話嗎？

當然了，山子也想查出那封信的寄件者。

但苦無線索，而且一過完年就會面臨民運活動的重要階段，所以不能老在意那封信的事。

島上的教師都在為示威活動做準備。他們要在「公教二法案」送交正式會議表決的二月某一天，在立法院前靜座，展開阻撓，教師能利用年假全體總動員。

加入整晚待命組的山子，與隔天一早便前來排除示威群眾的警察大隊對峙。立法院前擠滿了人，毫無立錐之地，高舉著兩、三個標語牌的教師，高喊：「反對公教二法案！堅決阻止！」引來眾人齊聲高喊口號。非學校相關人士的工會、民運人士、有志之士，也都加入他們，人數高達兩萬的廣大群眾，氣勢震懾一字排開的警察。

「你們怎麼會在這裡！」

在眾多的人群中，一對少年少女在示威活動現場遊蕩，看起來格外顯眼。山子發現的這對少年少女，正是宇太和小清。

「因為她說想看示威活動，所以我們就順便過來體驗社會現象。」

「好酷喔，小哥。島上的人好像全都來了。」

到這裡遊山玩水的兩人，以感到稀奇的目光環視四周。

「這可不是家附近的慶典活動，別隨便靠近。」

「可是老師妳也常提到不是嗎？妳說，在我們島上要和美國抗爭，就只能靠示威活動。我們不也是島民嗎？」

「淨會耍嘴皮，你沒看到這裡有多少警察嗎？下午會鬧得更大，也許還會有人因此受傷。」

喧鬧的漩渦拉高了氣溫，從額頭滑落的汗水累積在睫毛上。兩人的衣服也滿是溼汗。與宇太手牽手的小清，對這種人擠人的初體驗感到喜不自勝，就像加入扛神轎的隊伍般，難掩興奮之情。

而宇太也是，這場傾全島之力的示威活動展現的激昂氣氛，他似乎很喜歡，還帶來三弦琴，配合呼口號，擅自伴奏起來。小清在一旁喊著小哥加油，宇太為了在她面前耍帥，益發得意忘形。這會讓人覺得你是來鬧的！山子正準備訓他一頓，打發他回去時，宇太突然停止演奏，朝山子咬耳朵道：

「她母親最近常來看她。」

「好像是，我也聽津波古小姐提過。」

「聽說也許從今年春天起，就會搬離位於首里的家。」

「咦，小清嗎？」

「她母親好像又有了新丈夫。」

「哎呀，這麼說來，又要一起同住了……」

「小清可高興了。所以她說想跟我一起去我們之前沒去過的地方。就是這麼回事，山子姊。」

似乎是想在離開育幼院前，和宇太留下美好的回憶。小清的母親將再婚，辭去女服務生的工作嗎？雖然此事令人在意，但好歹是母女倆重新同住一個屋簷下，是該給予祝福。

「這樣的話，更不該介入這場與警察的衝突中。你們到遠處去看看吧。總之，這裡的每個人都是認真的。」

如此大規模的示威活動，在山子的記憶中也不曾出現過。每個人都明白這是關鍵時刻，以在講臺上也很少發出的巨大聲量吶喊。而琉球警察方面，似乎也要求全島提供警力支援，數百人在各自的崗位上組成隊伍，用擴音器扯開嗓門要群眾離開。威儀十足的武裝部隊也投入其中，就像兩軍對戰般，兩邊的人潮持續展開進退攻防。

在教職員會中，文科的老師與警察展開對談，理科的老師則像在下將棋或圍棋般，運籌帷幄。另一方面，體育科的老師則是組成突擊部隊，衝進立法院。穿過警察的人牆，衝上屋頂和屋簷，用石灰粉（他們將操場上畫白線用的粉末帶在身上）撒向隊伍（攻擊眼睛！），堵住廁所，讓正式會議的議員難受（讓人膀胱發脹！）。不少警察與昔日的恩師不期而遇，被訓話道：「我可沒這樣教育過你。」感到不知所措（師恩浩蕩！）。示威大隊聲勢大振，馬上占領玄關前，接著進一步靜坐，向院內施壓。警察大隊急忙排成第二警備線，但已有人高喊，說警方不足為懼。根據理科教師們的估算，現場聚集的群眾相當於十到二十人對上一名警察。顯然是我方占上風。再來只要中止正式議會進行，在廢案協定上蓋章，這樣教職員會就大獲全勝了。

「妳看，御城也在呢。」

前來通報的是宇太。山子大感意外，視線望向警察大隊。

御城拿著等身長的警杖和盾牌，守著警備線上的一角。這天是山子第一次顯得怯縮。在喧鬧聲中，彷彿可以聽見自己的心跳。

板著臉孔的御城也正望向她。這是教職員會的示威活動，所以他應該明白彼此很可能會遇上。

「那封信的事，妳跟御城談過了嗎？」宇太問。

「那件事該由你來說吧。」

「為什麼？那是個謎。妳就跟他說說看嘛。」

兩人已很久沒見面了。這幾年來，她與御城說過的話、多次令人心急的錯過與感情的浮沉、尷尬的沉默、對彼此內心的逐漸疏遠感到的沮喪，這一切山子仍可清楚憶起。雖然有點猶豫，但她最後還是放棄裝沒看見，走向示威隊伍前頭，與昂然而立的御城面對面。

在她的直視下，御城尷尬地將視線斜斜移向一旁，但又不想被她瞧扁，於是高高地抬起下巴。想保住警察威信的這股不服輸的精神，與他對山子和宇太的私情混雜在一起，使得他神情緊繃，鼻翼時而賁張，時而緊縮。

「妳就算是站在隊伍裡，也一樣很快就會讓人發現妳這位大妞。」御城先開口道。

「今天我們是敵人呢，城哥。」山子也當著他的面應道。

「怎麼連宇太也在呢。教師不該行使這種權力才對吧。」

「竟然連刑警都出動，難道琉球警察人力不足？」

「聚集這麼多人，人當然不夠啊。」

「之所以聚集這麼多人，是因為大家明白公教二法案是多糟糕的惡法。因為它要束縛我們的思想信念，要直接踐踏我們的內心。這法案要是通過，我們故鄉的自由和人權將會往後倒退一大步。」

山子心想，儘管因為現場的喧鬧而情緒激動，說了這些話，但不知道已有多久沒這樣跟他當面講話了。之前一直沒能好好面對對方的人，其實是山子。這份歉疚感，令山子變得滔滔不絕。

「真有教師的派頭，對警察據理力爭是吧。」御城神情落寞地說道：「妳應該明白，我只是在執行我的工作。」

「你要這麼說的話，我這也是工作。」

「議員他們好像已經向美軍請求支援喔。」

「島民之間的紛爭，美國不該插手。」

「又發出豬一樣的鼻音，妳身為女人，卻想當抗爭英雄嗎？」

她心裡明白，以教師和警察的立場交談，始終只有平行線，不會有交集。因為御城脫口而出的一句話，她想起之前宇太催她說的一件事。待兩人對話告一段落時，山子低語一聲：「對了……」幾乎在此同時，御城也對她說：「我有話跟妳說。」

「咦，什麼事？妳先說吧。」

「啊，抱歉。城哥，你要說什麼？」

「是這樣的，前不久我收到一封信。」

「信？該不會你也收到了。」

「啊，妳也收到了嗎？」

四周飄著像細雪般的石灰粉，四處傳出吵鬧聲，但一提到信的事，兩人四周就像降下一片寧靜的簾幕。兩人不約而同向前走近半步，心中默背著彼此收到的書信內容。

「去年歲末，胡差各地都收到有人寄來的物資，這件事妳知道吧？」

「育幼院也收到了。大家都說那是『戰果』。」

「裡頭附一封信是吧……剛才妳不是提到思想信念嗎。」

「對，怎樣嗎？」

「最近我在想，我的摯友死後，是否就成為了胡差的思想信念呢。每次故鄉只要引發大的風波，人們就會期望英雄出現。這就像是所有島民的願望集合體，飄盪在這世上。如今有人假借這個名字，模仿這種行徑。每次我們要是發生了什麼事，事後就會有這種感覺。」

山子隱約明白他的意思。胡差這個市街，現在仍停留在英雄在世時的「宇宙」中。那裡是以英雄為中心，形成太陽系，周圍的行星群分別是警察的犯罪搜查、黑道的火併、回歸日本的示威活動。這些全遵從引力繞著太陽旋轉，行星不時會排成一直線，或是被渾沌和遺忘的黑洞所吞噬。

「城哥，你不是說過，你曾在基地裡闖進一處御嶽嗎？」

「嗯，那可能是我自己誤會了……」

「照喜名奶奶告訴我，真有那個地方。基地裡有一處御嶽，這座島上有一股從土地升起的神奇力量。有時我也能用肌膚感覺到。就像有人在守護我一樣，宛如處在現在與過去交混在一起的時間中……」

「嗯，講得愈來愈有猶他的味道了。總之，因為送來了信和戰果，所以是有人將它運來的。如果說有誰會想模仿英雄，我首先想到的人是……」

山子知道他想說誰。如果可以，她不希望御城提到那個名字。因為在狀況不好的日子光是想到那個名字，便會覺得整個人沉入幽暗的海底，在那陽光照不到，連呼吸都沒辦法的地方，只會被憤怒所束縛。

在那處巷弄裡發生的事，已在山子心裡深處殺死了她。絕望的強風吹來，讓她在無比遼闊的孤獨大海裡沉溺了好一陣子。她的防衛本能產生奇怪的作用，讓他想斬斷一切人際關係。現在她還是滿腔怒火，但她也明白到一點，要傳達自己真的很生氣，其實很難。

是真的，我從來沒這麼生氣過。

我！我！我！

當時應該態度堅定的向他問罪才對。

也曾想過要找到他，當面譴責。

零，你在哪裡？當時你做的行為，是把親愛和信賴、人與人的情誼、沖繩人一直在守護的精神，完全踐踏在地，跟那些拿島上的婦孺當洩欲對象的美軍一個樣。就算是因為得知大哥的噩耗而悲嘆，因遭遇的砍殺事件而心煩意亂，也不該這麼做。每次對他的行為感到憎恨，希望他能被判罪時，那晚滿是溼汗的肌膚和喘息、地面的冰冷、貫穿體內深處的痛楚，都會一一浮現。每次燃起怒火，山子就會再度遭受同樣的暴行。

與御城同住的事也就此取消了。明明在同樣的市街，過著同樣的時間，明明在某個時間之前，三人應該都處在同樣的宇宙才對。零音訊全無，已婚的御城聽說孩子就快出生了。在難以入眠的夜，以及黃昏時走在返家的路上，她常想像自己走上和現在完全不同的人生道路。

「好了，不能一直聊下去。」一名同事跑來朝御城交頭接耳，他馬上恢復警察的神情。

群眾發出一陣歡呼。聚在院內的教師似乎將執政黨的議長團團包圍，不讓他進入議場。在屋外的歡呼聲中，也混雜了充滿憤慨的吶喊以及叫罵。不尋常的喧鬧。難道是起內鬨？

御城急忙離開隊伍，朝那喧鬧的漩渦奔去。

他就像早已在等候這一刻似的，毫不遲疑地撥開人群。

山子也馬上追向前。在人群中，有幾名男子在動粗。

他們砸毀標語牌，扯破橫布條，接連著喊道——這種示威活動違反愛鄉精神！領導人是左翼的間諜！他們將前來制止的男性教師打飛，一把掐住女性教師的脖子，壓制在地上。

這不是老師會做的事。肯定是混進示威活動中的流氓。

但一旁的警察面對眼前的流血衝突，始終擺出事不關己的態度。

如果示威隊伍的勢力減弱了，你們就高興了是嗎？山子正準備抗議時，有一名警察展開行動。御城衝進那場動亂中，扭住那名動粗的男子手臂，迅速使出一記抛投，讓那名暴力男一臉撞向地面。

「好酷喔，太強了！」

從圍觀人群中傳出小清的叫聲。

身穿黑色皮夾克的男子，亮出刀子。

雖然群眾一陣譁然，但刺向御城要害的刀尖，行動早已被他看穿。

真的很厲害，城哥原來這麼強啊？可能是已習慣對付這種暴力犯，只見御城一把握住那名拿刀刺向他的男子手臂，再次以一記漂亮的過肩摔將他摔倒在地。

「你們是專門到示威活動裡鬧場的人對吧！」

此事曾聽說過。是一群受雇於親美的左翼分子和政治黑手，四處散發恐嚇信或黑函，假扮成示威隊伍中的一員，企圖加以妨礙的不法之徒。他們似乎也混進了現場。御城喚來警局的同事，將上銬的歹徒帶上警車。這天，警察們的表現引來群眾鼓掌，這還是第一次。

山子忘了剛才兩人還吹鬍子瞪眼的，此時連她也覺得與有榮焉。啊，對喔，御城每天都這樣對付不斷湧來的暴力男，將這些撼動故鄉安穩的威脅一一壓制。

「我得走了。下次見面再繼續聊。」

御城緩緩轉過頭來，望著山子說道。

他臉上泛起令人安心的豁達笑容，令山子看了感到心痛。

「我接下來還有一項工作要忙，妳也快去做妳該做的事吧。」

「城哥，等一下。」

「要好好保重身體。」

御城最後就只說了這句話，便從立法院前離去。

因為接受群眾的鼓掌，所以略微感受到當英雄的心情。

御城嘴角輕揚，將一名暴力男塞進車子後座。

她是否對我稍微刮目相看了呢？

他將其他流氓交由同事處理，自己則是和這名穿黑色皮夾克的男子同車。原本確實也是心想，或許能看到山子，但御城之所以加入警備行列中，其實另有用意。以暴力行為的現行犯名義逮捕的這名男子，他要帶往的地方不是拘留所。

「我找你很久了，你是邊土名先生對吧。」

「我不認識專舔美國人屁股的傢伙。」

「追查你的下落可不簡單呢。自從泡瀨派混不下去後，你便對外掛起私家偵探的招牌對吧。你哪裡像偵探啦，你幹的盡是討債、到示威活動中鬧場這類的勾當，什麼差事都肯承接，簡直就是萬事通。就連賣毒品的人，也是你在管理對吧。」

御城一路上都在車內詢問，但邊士名顯得目中無人，揚起嘴角。軍用道路旁的紅綠燈亮起紅燈，車子停下，正好放學的中學生從車子前方走過。

「那我問別的事吧。多年前的『狩獵戰果撈客』，你還記得嗎？」

「你不僅愛多管閒事，而且還是隻話多的走狗。」

「你應該很清楚才對。」

「就算你把我帶進偵訊室，我和你們這些墮落的警察也沒什麼好說的。」

「我也是胡差出身的人，所以我很清楚，看準戰果撈客辛苦搶來的戰果，從旁搶奪，這種行為有多卑鄙。這些傢伙就用這種手法，不必冒任何危險，就靠存下的資金搶進胡差派的高層。但偏偏這些人的貪婪沒有限度。要不是對組織干戈相向的話，現在應該還是穩坐幹部的寶座吧。」

「哼，你在講誰啊。」

儘管想以此動搖他的心志，但邊士名還是一副事不關己的模樣。就經驗來說，御城明白要引他自己供出一切，著實困難。不管再怎麼問，他都會顧左右而言他，避重就輕，一味地裝傻。始終一副洋洋得意的表情。

「最近我才明白一件事。」御城接著往下說：「事情的真相當中，有些事不管你用任何手段也得加以揭發，絕不能錯失良機。一旦錯過的話，就無法查明，連展開搜查的人自己的人生也會困在迷宮中。」

雖然又遇上紅燈，但御城卻繼續加速，穿過十字路口。他以車內後視鏡偷窺邊土名的樣子，他仍是那目中無人的神情，還伸指掏耳朵。

「傷腦筋的是，我們無法回到過去，所以才會這麼辛苦。既然都過了這麼長的歲月，那也就可以不擇手段了。」

「是有黑蠅是吧，那嗡嗡嗡的振翅聲很吵吔。」

「所以你接下來得接受『審問』。」

御城如此告知後，猛然將方向盤往左打。

「你現在還能選擇這輛車的去向。我再跟你確認一次，你靠買賣毒品大發橫財，還殺了追查你的調查員。以前還幹過狩獵戰果撈客的勾當……那起嘉手納撈客事件也和你有關。你想不想跟我談這些事？」

「我很遺憾。」邊土名發出冷笑。「不管你帶我去哪兒，我都不會說的。」

「真是遺憾。」御城應道。「我原本還希望你在和我談的時候，能當個老實人呢。」

御城並非朝警局而去。也不是要前往軍方司令部。他從軍用道路一號線轉進西海岸旁的小徑，來到宜野灣老舊的倉庫街。那裡已有人先到了。磚造的倉庫前，停了好幾輛黑色轎車。這時，邊土名似乎也明白是怎麼回事。雖然他緊抓著座位，但仍被倉庫裡走出的流氓硬拖下車。

「竟然有這麼離譜的事，警察竟然將一般市民送交給黑道！」

傳來一陣鐵鏽的嘎吱聲，倉庫門開啟了，血氣頓時從邊土名臉上抽離。隨意擺放的椅子上坐著幾名男子。

分別是胡差派的最高顧問喜舍場朝信。那霸派首領又吉世喜。

此外還有胡差、那霸、普天間三派的沖繩黑道大老，全齊聚一堂。

那氣氛就像是在火葬場等著撿骨。在昏暗屋內的每一道人影，眼睛閃動著不用點燃火柴也會自己燃起的陰沉之火。

「你在外面等。」

喜舍場老大以沉悶的聲音說道。

「我也想在場見證。」

「你少多嘴，小伙子。把那傢伙帶過來就行了。」

果然氣勢驚人。胡差派老大，還有又吉世喜。在第三次火併正激烈時，各派老大齊聚一堂，光是這樣就已經非比尋常。在又吉的影響力下，這天締結暫時的休戰協定，要對引發紛爭火種的邊土名展開「審問」。

現在以到示威活動的場子裡鬧場營生的邊土名，這幾年來，在最大規模的「公教二法案」阻撓行動現場，他一定都會現身。你不是把人帶往美國民政府，也不是帶往警局，而是帶來這裡，我會向他詢問你想知道的事——關於這件事，御城決定聽從又吉的提議。御城現在已不是青澀的菜鳥，不會因為被人指責這是警察不該有的行為，便意志消沉。

鐵門關上了。倉庫裡隱約傳來低沉聲。

緊接著是一陣尖銳的竊竊私語，聲音突然中斷。

邊土名應該是沒遭施暴。不過，這有個限定條件，那就是又吉他們肯遵守與御城的約定。

約一個小時後，御城也被喚進門內。在昏暗的倉庫裡，圍成一個圓坐在椅子上的老大們圍著邊土名，他就像一條魚，置身在乾涸的湖裡。眼神空洞，嘴巴一張一合的邊土名，似乎連自己為什麼會顯得如此衰弱也不曉得。

「說出你的來歷吧。」胡差的老大說道。「你好像也是參與那起嘉手納風波的戰果撈客對吧。」

「御城是一位重要角色。」又吉在一旁幫腔。「他到各個示威活動的場子去，耐性十足的等候邊土名現身。就算是我們派人去監視，也會被邊土名察覺。以警察的身分在場，是最不會被懷疑的做法。」

「看來，你也有知道事實的權利。」老大如此說完後，轉身面向邊土名。「把你告訴我們的事，說給他聽。」

「……是，我們其實是受雇於人。」

這個只會口出惡言，活像響尾蛇的男人，此刻就像是被人揉成一團的鼠婦般，顯得無比渺小。長期以來，在黑道世界裡也一直是重要課題的「狩獵戰果撈客」一事，這幾位老大也向邊土名逼問。之前一直閃躲嫌疑，讓討論此事的人住口的邊土名，現在終於承認他與嘉手納撈客事件有關連。

「我們分頭守在基地四周。為了監視從基地搶奪戰果衝出來的人，不讓他們把貨帶走。只要他們有可疑的舉動，就搶走他們的戰果，交給『久部良』。」

那天晚上發生的事，當真是睽違數年才查明全新的真相。當時才剛當上戰果撈客的邊土名和他的同夥，受「久部良」收買，佯裝成附近的農民或是欣賞哎薩的客人，對嘉手納基地周邊展開監視。夜深時，從基地內傳來警笛和槍響。照這情況看來，恐怕沒人可以從中平安逃脫。哎呀，真教人同情！等了一會兒後，邊土名等人三三兩兩地離開現場。但走沒多久，在沿著基地旁的軍用道路返家的路上，他們親眼目擊那位胡差的英雄，在曙光乍現的天空下跑了過來。

胸口的心跳聲又快又急。噗通、噗通、噗通，多年前的那哎薩鼓聲，又再次在御城體內響起。

那個男人從第一出入口的方向跑來。手裡抱著一個木箱。邊土名他們急忙剎車，擋住他的去路，將他拖進卡車。將他和戰果一併擄走，前往和久部良的使者謝花丈約好的見面地點——美里的一間鋼筋水泥屋。邊土名嘲笑道，你拚了命只帶回一箱物資，還真是不划算啊。這位頭部和肩膀都血流不止，滿身創痍，步履踉蹌的胡差英雄，儘管被他們擄走，卻連抵抗的力氣也不剩。

謝花丈也逃出了基地。但後來出現在那棟鋼筋水泥屋的謝花丈，在前往久部良的船隊等候的泡瀨海濱時，突然態度驟變，說他要改變先前的預定計畫，要繞去島上的醫院一趟。這是怎麼回事，你不想直接將物資交給船隊嗎，你要去善後？還說要讓他在醫院療傷，這一點都不像惡名昭彰的走私集團啊。邊土名覺得很沒意思。話說回來，備受地方民眾尊敬和崇拜的戰果撈客，明明見不得光，卻是受人矚目的英雄，實在很礙眼。於是邊土名與謝花丈分道揚鑣，駕著車跑去向久部良的船隊打小報告。他和走私集團的人馬折返回來，再次擄走胡差的英雄。背叛久部良的謝花丈在逃離時，落入警網，邊土名他們則是受久部良認定幫了大忙，獲得大筆報酬。

「原來是你，原來是你……」

待回過神來，御城發現自己已一把揪住邊土名。正準備從腰間的皮套裡抽出警棍往他身上砸落時，被其他流氓制止。

「就是你對吧，把我的摯友……」

那天晚上，邊土名就像久部良的獨立行動部隊一樣展開行動。

這項證詞確實填補了御城所不知道的空隙。不過，在已得知阿恩被帶往那處離島的經過後，才遇上這個遲來的真相。這樣的告白，就只是激起他無從宣洩的憤怒和無力感。

「你……你們最後沒進入基地嗎？」

「沒進去、沒進去。」

「那天晚上，有人發現另一路線，和我們的入侵路線不一樣。」

「這我不知道，別把一切都推到我身上。」

「這傢伙沒那個膽量闖入基地。」又吉在一旁說道：「所以狩獵戰果撈客一事，不是他幹的。在各位老大面前，想要蒙混過關是不可能的。」

面對邊土名，御城渾身顫抖。他的摯友帶回來的東西、顛覆他命運的戰果——他抱著的那個箱子裡所裝的東西到底是什麼，現在有辦法說出這件事的人，恐怕就只有眼前這名男子了。

但這位最後的證人，卻只是冷冷地說了一句。

「很不巧，我不知道那裡頭是什麼。」

「你這傢伙，別說謊！」

「我沒說謊。久部良的人一再叮囑我別碰戰果，而那個男人也死不肯放手。所以我就這樣直接交給了他們。」

對於他暗中買賣大麻和海洛因的事，以及殺害諜報員的事，邊土名全招認了。這麼一來，買賣毒品和那件殺人案，歐文．馬歇爾就能破案了。這群老大也重新對邊土名下達放逐處分，看他是要服刑期滿後當個普通人，還是要離開島上，只能二選一，對這名麻煩人物做出了裁決。而沒能得到預期結果的，就只有御城。為了查明真相，他甚至不惜和島上的黑道聯手，但都走到這一步了，卻還是沒能知道「不在預定計畫裡的戰果」是什麼，再次被拋進過去的謎團中。

「你剛才提到了另一件事，教人無法聽過就算了。」喜舍場老大開口道。「交由你負責毒品買賣的人是誰？」

「就是你們很欣賞的那個男人。」邊土名抬頭望向御城。「他說『我回來了』。還叫我們替他工作，當作是彌補過去的罪過。雖然只在電話裡頭談過，但因為我正為資金調度發愁，所以二話不說就答應了。真是萬萬沒有想到，那位傳說中的英雄竟然會指派我們暗中替他工作。」

這傢伙在胡說些什麼啊。御城聽得目瞪口呆。

已故的摯友，竟是操控邊土名的幕後黑手。怎麼可能會有這種鬼話。

喜舍場老大和又吉，他們蒙上暗影的眼神紛紛投向御城，不發一語的對他示意——要怎麼看待這件事，全看你自己了。

他想起之前和山子的對話。御城的摯友成為這島上的思想信念、願望的集合體。已昇華到這個境界的男子，竟然想靠毒品來讓美軍變得靡爛，讓這座基地島變得更加混亂，開什麼玩笑！

有人謊稱英雄。而且還有未公開的真相。

是誰在打什麼主意？到底是有怎樣的意圖在暗中運作？

整個人宛如懸在半空的御城，再次被推落迷惘的深谷中。

搞不清楚。最後還是什麼也沒搞清楚。

看不出真相，就只有陰影讓視野變得昏暗。

十四　世上最可愛的兔子、窮人的核子彈、娼妓的孩子

一早，整箱的物資送到玄關來。

有的則是在傍晚時分，物資擺在外廊或屋簷下。

醫院收到醫藥用品，小學收到文具或事務用品。

貧窮人家收到罐頭或加工食品。

教職員會的事務所裡也送來了祝賀酒。公教二法案達成廢案協定，阻止抗爭大獲全勝，在事後舉辦的慶功宴上，大家也聊到這幾年來不斷送往各地的「戰果」。在持續舉行到半夜的這場宴會中，山子也喝醉了，她徵求津波古小姐的許可，邀宇太和小清一起來到朝霞掩至的亞拉吉沙灘。

浪潮聲中仍帶有夜晚的氣味。停在沙灘上的海鳥，鳥喙插進貝殼裡。三人坐在沙灘上，靜靜聆聽四周的聲響，望向已染遍遠方天空的曙光。這片壯闊的大海全景，呈現出驚人的色階。無名的色彩，逐漸被其他的無名色彩所吞沒。一架從嘉手納基地起飛的飛機，從朝霞染色的浮雲底部掠過。眼前的海景帶有山子所不知道的陰影與色彩之美，美得教人不敢一直盯著看（太美了！大海在一大早以及黃昏時分所呈現的美，用不著多做描述。甚至有人說，這在島上的景觀當中，也顯得特別莊嚴、神聖，

宛如黃泉的景致）。

「真美，也許我從沒像這樣看過朝霞。」

她與宇太、小清談到「戰果」。有一早出來散步的老年人。一旁的基地鐵絲網前，有些當地的女人擺上酒和鮮花，向美國的這片占地獻上祈禱。只要祈願，就能改變——這可說是她第一次心願達成，一面在心中真切感受這場運動的勝利，一面細細欣賞故鄉的海景。

「那些『戰果』，或許也是儀來河內送來的呢。」

她脫口說出這句話，一旁的小清笑了起來。

「我也從沒這樣一直看著大海。」小清說：「小哥你呢？」

「我是大海的男子漢……浪潮聲是我的搖籃曲。」

宇太開起了玩笑，以驚人的專注力凝望大海的彼方。

山子心想，持續望著同一處風景，讓人感到不安。

倘若全神貫注地凝望，會有一種被拉進風景中的感覺。要是沒能留在這裡可就糟了，這樣的自衛本能，驅使她為了避開危險，會刻意轉移注意。不論是望向水平線的彼方，還是基地鐵絲網的另一頭，情況都一樣。

大概唯獨擁有山子所沒有的感性之人，才能越過凡人都會停步的地點，投身到另一頭的世界去。然後能帶回這一頭所沒有的未知財產，為這世界增添多樣的色彩。例如人稱天才的藝術家、不世出的音樂家、上天選中的極少數戰果撈客。這當然也伴隨著很大的危險。有語言難以形容的冒險在等著他們。也有人去了另一頭的世界後，一去不復返——山子深深覺得，眼前的宇太也擁有和他所知道的男人共通的資質。

「我們要再待一會兒。」

儘管四周已天色轉亮，但宇太和小清仍不肯離開海邊。隨著小清離開育幼院的日子愈來愈近，時間怎樣都不夠用。山子轉頭回望並肩坐在沙灘上的兩個背影，回到了重新展開的日常生活中。

不知道寄件者是誰的「戰果」持續送來。

送往因成功阻止了公教二法案而幹勁十足，抗爭的氣勢隨之高漲的沖繩各地。

正好這時在日本似乎也打起了「歸還沖繩」的旗號。政府不斷探尋美國與施政權之間的折衷點。在不遠的將來，期盼已久的日本將會前來——如果這座島重回日本懷抱，基地會怎麼辦？日美協定又會如何處置？談論政治的人高喊，回歸日本時的「條件」才是重點。在這樣的局勢下，就像不斷對島民的意識走向投石激起漣漪般，不僅胡差，就連那霸、浦添、普天間、名護、恩納等地也不斷收到「戰果」。

瀨長龜次郎的人民黨，以及屋良朝苗當選琉球主席（這是島民選出的第一任民選主席）隔天的教職員會，也都收到大批的酒和食材。有因為收到收音機而變得很清楚島上情勢的窮學生。也有一家人從新生兒的尿布，到慶祝出生百日的菜肴、孩子兩歲時的贈禮，全都靠「戰果」來張羅。寄送來各種生活所需的物品，而且全是美國製。基地和軍方設施終於有人提出財物損失的控訴，也有愈來愈多人覺得可怕而報案，所以琉球警察也不能置之不理。雖然那霸組成了因應總部，但沒有目擊證詞，也沒留下指紋。這位來路不明的寄件者始終沒被抓到把柄。有時會連日送來物資，有時則是突然中止，在眾人忘了這件事情時，又開始寄送，當真是神出鬼沒，令搜查陷入困境。原本大家都當這是激進派的政治運動，但過了約莫兩年，都不見有人提出相關的聲明。只要沒人自己報上名號，就不能一口咬定這是思想犯所為。

某天，這些「戰果」中出現了奇怪的東西。

沒想到這正好與基地每隔幾年就會發生重大事故的時間重疊。

如果說這些配送的「戰果」是天降甘霖，那麼，像晴天霹靂般的災禍也會從天而降。

沒錯，美軍的軍用機降落島上。

某日天未明時，一架準備從嘉手納基地離地的B52，沒能成功起飛，墜落在第三出入口周邊，引發爆炸起火的事故。第三出入口離彈藥倉庫地區不遠。要是墜落地點稍有偏差，胡差也許就會被炸得灰飛煙滅。附近民宅的窗戶碎裂，機體殘骸甚至飛到屋頂和庭院來。爆炸聲傳遍整個胡差，連留在警局過夜的御城也被驚醒。哎呀，是越南展開報復攻擊嗎？滿心以為是基地島遭受攻擊的御城，飛奔回家中確認幸子和一歲的兒子是否平安。確認過家人平安後，他開始擔心起自己的兒時玩伴，安頓好妻兒就寢後，他衝出家門。山子似乎也因為爆炸聲驚醒，公寓和學校都沒看到她人。一直都沒看到山子，御城在黎明時的街道上徘徊，這時，深深烙印在他視網膜裡的昔日情景浮現眼前。山子不顧旁人眼光，放聲痛哭，痛不欲生，那應該是她第一次，也是最後一次。

島民重新面對這項現實。軍用機飛得這麼頻繁，總會有一、兩架飛機墜落。那是B52戰略轟炸機，所以搭載了在越戰中使用的炸彈和彈藥。這種飛機要是墜落在街上，那肯定是大災難。儘管美國一再否認，但他們的飛機上一定搭載了核武。

據御城警局裡最迷軍事的員警所言，島上有四座馬斯B導彈（核彈頭中距離飛彈！）的發射基地，也配置了Nike-Hercules（勝利女神力士型飛彈，地對空飛彈！這可不是運動鞋的品牌名稱喔），而在演習場地，一五五公釐口徑自走砲（這也能搭配核武！）發出履帶的聲響。擁有這麼多能裝備核武的設備，怎麼可能沒把核彈頭帶進這裡呢。所以我們沖繩人才會高喊不需要基地，停止戰爭，別在我們的故鄉放置核武！從這個時候起，回歸日本的旗幟，開始高喊「去除核武、等同日本」的口號。

身處在這個時期，與其他截然不同的「戰果」，引發一陣譁然。

每個人打開木箱後，都為之皺眉。

搜查人員抱頭納悶，島民也感到既困惑又害怕。

箱子裡裝的是形狀像昆蟲臉的面罩。完全把臉遮住，阻絕外面的空氣，前方突出一個像鳳梨罐頭般的過濾裝置，就是那個東西。

之前明明只會寄送生活所需的物品啊。

為什麼會送來這種東西？愈來愈可疑了。

毒氣面罩不是戰場上才會使用的東西嗎？

這陰森古怪的「戰果」背後的含意，御城之所以能早一步得知，全是拜馬歇爾機構所構築的情報網所賜。

七月的熱帶夜晚，飄盪著惡息的小巷弄裡，那家A Sign店還在營業。播放爵士音樂的店內牆壁貼著許多唱片的包裝外殼（每個封面都是黑人的喇叭手或鋼琴師）。一名與御城擦身而過，外形清瘦的黑人士兵，將皺巴巴的十元紙鈔壓在酒杯底下，步出店外。來客稀疏的店內，塞繆爾・範・霍恩一等兵已因為酒和毒品而酩酊大醉。

「嗨，塞繆爾，你已經醉倒啦？」

把趴在桌上的塞繆爾搖醒後，他抬起半夢半醒的迷茫視線。他的膚色就如同是沒加牛奶的咖啡，噘起的嘴脣特別紅。皮膚底下的頭蓋骨長得有稜有角，在這樣的容貌下，唯獨一雙圓眼帶著水亮的光澤。

「你可真慢，兄弟。我等你很久了呢。」塞繆爾慵懶地說道。

「我聽說你想見我，就火速趕來呢。」御城也用英語回答。

「對，我很想見你。勝過見我家鄉的愛人。」

「你醉得不輕喔，有什麼事嗎？」

「我想說的是，那些白人都是一群渾蛋。」

塞繆爾．範．霍恩是阿肯色州出身的陸戰隊員，目睹越戰的現實後，因心中的愛與和平而覺醒，是位反戰的美國大兵（亦即所謂的良心拒服兵役者）。因為不想前赴戰地，而違反軍紀，不斷被送入禁閉室的一名麻煩人物，而且和所有遣送回來的士兵一樣，都抽大麻成癮，不過他不會找島上的少女發洩情欲，也不是像馬歇爾機構的老大那樣屬於文官，所以御城才能和他敞開心胸。

「我想請你調查一件事。」塞繆爾悄聲道。「嘉手納的彈藥庫地區似乎發生了事故。衛兵被運往桑江營地的醫療總部。衛兵當中還有我的朋友，可惡。」

「說到彈藥庫地區，是之前B52墜落的那一帶。難道是戰鬥機駕駛又胡亂操縱啦？」

「兄弟，你是個本領高強的警察對吧。在那些白豬掩蓋這起事件前，你先揭發真相，向島上的報社密告吧。」

「如果是事故，馬上就會報導了，為什麼要刻意去調查。」

「唯獨這件事，如果放著不管，就不會有人報導。基地裡已下了封口令，我也不清楚詳情為何，不過……關鍵是兔子。」

「兔子？」

「沒錯，兔子。」

「如果你看到兔子在你眼前蹦蹦跳跳，那就是你大麻抽多了。」

「不是啦，彈藥庫地區好像出現兔子的屍體。」

「啥？彈藥庫裡還悠哉地養兔子啊。」

「那裡有個用雙重柵欄圍起來的『Red Hat Area』。有一片屋頂用草皮覆蓋遮掩，以防敵人從上空看出的倉庫群。那裡貯存的，是預定在越南投擲的兵器。之所以飼養兔子，是為了檢測有無氣體外漏。那不是炭坑裡的金絲雀[4]，而是彈藥庫裡的兔子。」

「……你說的事故，難道是……」

「是氣體外洩，不會有錯的。」

「哎呀，美國人果然把那東西帶過來了。」

「哦，你別責怪我。把壞東西帶到島上來的，是那些白人。」

在這處偏僻的 A Sign 店帶來的消息，是一起驚人的內部告發。如果不是塞繆爾自己胡謅（或者不是大麻讓他產生的幻想），這可是足以撼動整個沖繩的大事。這幾年來，不時傳出芥子毒氣或枯葉劑等化學武器存放在島上的猜疑。到海邊玩的孩子產生原因不明的發炎症狀，發現長出許多頭或四肢的青蛙，在離彈藥庫地區不遠的美里，有人出現眼睛黏膜疼痛的症狀，島上的知識分子指稱這可能是設備缺陷導致氣體外洩。

御城並不會因為一般的災難而大驚小怪，但就連他也差點嚇得腿軟。如果是氣體外洩，那可不光只是兔子或衛兵犧牲就能了事，而且這表示美軍對外宣稱他們沒將核武和化學武器帶到島上，根本就是睜眼說瞎話。一旦讓世人知情，肯定足以引發一場大型的示威活動，絕非抗議 B52 墜機運動所能比，對美國民政府來說，這恐怕也會是足以威脅其島上統治威信的空前醜聞。

「拜託你了，兄弟。如果是你，絕不會對這項情報置之不理，也不會拿這項情報轉賣給白人，對吧？你一定能揭發軍中的欺瞞，向世人傳達真相。因為你和我們有同樣的靈魂。」

塞繆爾沉醉於內部告發的浪漫情懷中，更勝於酒和大麻。似乎是對軍中高層的不信任感，以及對白人的憎恨，讓他決心向御城提供情報。改天再和你聯絡！御城付完酒錢，離開 A Sign 店。可能是因為剛聽完塞繆爾的告發，他比平時更加覺得美軍這一步走得真是糟糕。

這下麻煩大了。彈藥庫地區的化學武器氣體外洩。

軍方和政府都極力想隱瞞此事。

該怎麼處理好呢？姑且先回家睡覺吧。

應該說，他很想回家。因為這問題太過嚴重，讓他很想蒙住被子裝不知道。

4　昔日的炭坑工人在開採時都會帶金絲雀，一有氣體外洩時，金絲雀便會停止鳴叫，以此示警。

不回去能做什麼？唯獨這件事不能透過美國民政府的人脈來處理。關於此事，歐文應該會站在掩蓋事實的立場上。以目前情況來看，就算走遍每一家A Sign店，向美軍查探消息，也不會掌握到什麼特別的情報，而琉球警察也不會得到任何消息。他也到過桑江營地和憲兵總部，雖然有不少人進進出出，但光是從遠處監看，無法掌握真有事故發生的確切證據。雖然想在天亮時前往現場一探究竟，但御城感到雙腳發軟。

因為那可是氣體啊。是毒氣。如果不消除心中的恐懼，根本不敢靠近。

再這樣磨蹭下去可就糟了。手上又沒有防毒面具……

這時他才想到。從某個時候起，混雜在「戰果」裡的防毒面具。意外地符合現實，這令他背脊發涼。喉嚨就像燒起來似的，隱隱作疼。朝全島發送「戰果」的那個人，早已預見會有毒氣外洩的情況嗎？

「如果帶進島上，是VX神經毒劑的可能性應該很高。」

為了查出外洩的毒氣為何，他前往拜訪固定對報社投稿的琉球大學知念教授。聽說在軍事生化學領域，他是無人能出其右的第一人，如果是這位老教授說的話，當然值得信任。據說從幾年前起，美方便派遣一支專門處理化學武器的中隊到島上來（教授稱之為二六七化學中隊），運用沙林毒氣和芥子毒氣的這支中隊，別名「死神部隊」，令人聞風喪膽，具致命性的神經毒氣「VX神經毒劑」，只要區區十毫克，便足以令成年男子喪命，只要有五公升，便能讓島民全部歸西，一個不留，足見它的殺傷力有多強。一旦被人體吸收，便會馬上入侵中樞神經，它的揮發性低，殘留性高，所以散播後，等上一個星期毒性也不會散。不光透過呼吸器，靠皮膚吸收也能發揮毒性，所以光靠防毒面具無法完全防護。

「真的很可怕。因為它在化學武器中，製造和運用都不難，而且威力驚人。毒性散播過的土地，將化為生物無法居住的『死亡領土』。你知道研究者都是怎麼稱呼這種毒氣嗎？」

在老教授的嚇唬下，御城很擔心自己的膀胱會潰堤，老教授接著說道：

「管它叫窮人的核子彈。」

嚇唬的作用太強，御城就這樣在床上躺了半天。

隔天，有一半的時間他慌亂無措，另一半的時間東奔西跑，就這樣度過（振作一點，因為你可能是察覺這起可怕事故的唯一沖繩人！）。

這麼一來，就沒什麼好猶豫了。儘管沒有確切證據，但眼下也只能帶著這個消息去報社，藉由報導來訴諸輿論。不過這天傍晚，當他離開警局，正準備前往報社時，一名來到玄關等候的客人攔住了他。

「歐文找你。」

哎呀，被發現了嗎。我的自由行動只能到這裡了嗎？一輛美軍的黃牌車停在警局後方，歐文・馬歐爾就坐在裡頭。他穿著白色的開襟襯衫，外面披著藏青色的夾克，腳下穿著擦拭晶亮的皮鞋。桑江營地、憲兵總部、琉球大學，在他跑這些地方時，明明已經留意過是否遭人跟蹤或是監視啊。歐文的眼神，想要剖開御城的腦袋，將他腦中的想法看個清楚。

「你應該有事向我報告吧。」

御城坐在後座，歐文與小松分坐他兩側。從歐文那緊繃的神情看得出他想說什麼。你一名小小的搜查員，為什麼四處查探美軍的最高機密？

「咦？你指的是哪件事？」御城刻意裝傻。

「我們就別再打探彼此的想法了。」歐文感到不耐煩。「你在基地裡，有人提供你情報對吧。要是軍方的機密走漏，那我也得採取因應措施。」

「我追查的事件不只一件，所以你要是沒明說是哪件事，我也沒辦法跟你說。」

「御城，你少岔開話題。有人告訴你那起事故對吧？」

「看你那氣沖沖的模樣，可見那並非是空穴來風。簡單來說，你想隱瞞那起事故對吧。」

歐文那精悍的表情變得僵硬，增加了幾分像雕刻般的冰冷感。在一旁口譯的小松，此時的緊張非同小可。露出這種表情的歐文絕不會讓步。此時的歐文已放棄情誼和紳士風度，只以美國民政府的利益為優先。

「我以前說過，我之所以和你合作，是希望島上不再有人犧牲。但就連發生了怎樣的事故，你都不肯說，這樣我們根本沒辦法談下去。島民明明身陷危機中，我怎麼可能還對你唯命是從。」

「這次的事件，沒對島民造成任何災情。」

「是嗎，連你都吹鬍子瞪眼，應該事態非常嚴重才對。」

「我沒騙你。要我對著家人的墳墓立誓也行。」

我已經說了，接下來換你了——歐文瞪視著御城。要是講出情報的來源，塞繆爾會怎樣？肯定會被送軍法審判，遭處重刑。問題不在於認識的時間長短，以及身分地位的差距，想與告訴自己真相的人站在同一邊，這是人之常情。

「我是從傳聞中聽來的。自從奉你的命令行動後，我習慣在酒館裡聽人交談。因為沒人知道我大致聽得懂英語，所以美國大兵喝了酒之後，便說個不停。」

「你以為這樣說就能蒙混過去嗎！」歐文情緒激動，膝蓋重重踢向車子前座。就連小松也嚇了一跳，慢了半拍才口譯，足見歐文有多生氣。「如果不是透過可靠的管道接獲情報，你不可能展開行動。」

「是誰在蒙混啊，我向專家詢問得知，彈藥庫裡放的是ＶＸ神經毒劑！明明毒氣外洩，你們還在為基地著想，為美國著想嗎！如果你還想隱瞞事故，那我也沒辦法再幫你了。」

「我沒有要隱瞞的意思。這起事故很可能牽扯重大的犯罪。」

「啥，犯罪？」

「我只是希望在查明情況前，先不要公開此事。」

「可是，再這樣拖延下去，附近的居民將會和那可憐的兔子一樣的下場。」

「御城，你要諒解。這時候不能受激動的情緒左右，也不可能完全靠正義感來行事。你似乎打算跑去報社揭密，但我們可是這座島上掌控情報的專家啊。不可能同意他們刊登獨家新聞。」

歐文向他暗示壓力，並加重語氣說，如果你繼續保持沉默，你也可能會被懷疑與此事有關聯。御城一面與他爭辯，一面對「重大犯罪」這句話感到在意。與毒氣外洩有關的犯罪行為，這指的是什麼？

嘉手納基地北方的彈藥庫地區，全盛時期的戰果撈客常入侵該處。如果在那個地區的某處，例如塞繆爾所說的「Red Hat Area」，有小偷潛入，造成毒氣外洩事故的話……

在歸還基地的日子愈來愈近的情勢下，還會有戰果撈客硬闖戒備最森嚴的地區嗎？

就御城所知，有這個能耐的男人，古往今來只有一個。

歐文繼續以強硬的口吻曉以大義。

「對政府來說，你構成了威脅。連在基地裡都架起了情報網，還和地方上的流氓有往來，像這樣的地方協助者，是否該放任其自由行動。面對高層的這種指責，一直以來都是我擋了下來。要是我再也沒辦法護著你，你的身分地位，還有你妻兒的生活，都將岌岌可危。所以你就別再讓我頭疼了。」

歐文竟然講出這種語帶威脅的話來，難道情況真的那麼嚴重？儘管事態如此嚴重，美國人卻還是死性不改。使出恫嚇和拉攏的大雜燴。一手安撫，一手揍人，這些都是美國的常用手段。御城實在是受夠了，打從心底感到厭膩。

「歐文，你應該明白才是。」

御城抱持最後一線希望，不透過口譯，直接以英語交談。

「如果你要我別去報社，如果你還是一樣擔心島上的事，就應該馬上以美國民政府的立場公開真相。」

你應該能聽懂我說的話才對。御城此刻抱持著近乎祈禱的心境。的確，站在他眼前的，是肩負國家的工作，而留在沖繩的美國人。是一位年紀輕輕就擔任情報機關主管，能力過人，美國人中的美國人。但他與一般的憲兵或美國大兵不一樣。歐文・馬歇爾不是壞人。

當初第一次邂逅時的直覺，御城想再賭一次看看。但歐文卻馬上搖了搖頭，冷冷地說一句：

「目前無法公開。」

「那就沒什麼好說了。」

御城弓起身子，頭撞向車頂，整個身子投向小松的膝蓋上。

他揮開歐文的手，雙手雙腳一陣亂揮，推開車門。

他滾了一圈，跳出車外，接著拔腿飛奔。不管歐文他們再怎麼叫喚，仍頭也不回。如果不強行突破，有可能會被拘禁。

琉美雙方的「友人」關係，這下全部一筆勾銷，當真是到此結束了。

他再也不會奉美國人的特別命令行事了。

這次我是認真的。因為是與美國民政府為敵，所以也得做好覺悟，將會被逼入窘境。他想先確保家人的生命安全。他實在不想將歐文想成是個會加害他家人的卑鄙人物，但諜報人員被逼急了，會做出什麼事來，沒人可以保證。所以在衝進報社前，要先回家一趟，妻子和丈母娘一定會問：「為什麼要搬家？」而極力反對，他要想辦法說服他們，請住在恩納村的朋友幫忙。

國吉還是一樣對御城提供協助。

「既然是你開口拜託，我當然沒理由拒絕。」

國吉因為腰部受傷，被迫過著坐輪椅的生活，他已辭去計程車司機的工作，待在故鄉恩納當一位反戰地主。

國吉值得信任，而且軍方司令部也不知道他們之間的關係。國吉將親戚家的空屋借給他們居住。那是一棟位在海邊的瓦頂貫木屋，門前還有一座石頭堆疊成的門牆。是帶有海潮聲的沖繩老舊民宅。丈母娘從中感受到自己老家的懷舊感，託她的福，幸子的心情這才跟著平靜下來。為了讓他們在這滿是塵沙的屋內居住，御城仔細打掃了一番，這才獨自返回胡差。

歐文肯定已向報社施壓。既然這樣，只要對常在警局進出的記者散播情報就行了。但他回到警局後，大吃一驚。他才短短一天不在，刑事課裡已沒有他的桌位。

「你這個笨蛋，絕對不能捅的事，你偏偏去捅了對吧。」

琉球警察總部的大人物全部到場，現在才揭發御城當過戰果撈客的過去，說要對他做出懲戒免職的處分。做得這麼露骨是吧，歐文似乎是動用強權，斷他生計，想讓他躊躇不前。

既然這樣，那我就抗戰到底，就算飯碗不保，無家可歸，我也絕不讓他們掩滅真相！他朝德尚先生撂下豪語，打電話給報社，但對方果然不肯幫他聯絡社會部門。就算在背後運作也沒用，這島上的記者才不會屈服在權力下呢。只要與反美派的記者交涉，告訴他們這個消息，他們應該不會因為懼怕壓力而不敢公開才對。

這起事件另有隱情。在當地街頭四處配送的「戰果」，混在裡頭的防毒面具、彈藥庫地區發生的「犯罪」、在島上暗中活動的人異口同聲提到某個男人的「島內生存說」。

御城曾經收過的一封信。

他的摯友被說是「幕後黑手」的嫌疑。

這一切都在某處串連在一起，令沖繩為之撼動的事態跨越歲月，不斷進行中。不管它究竟為何，背後都暗藏著那位胡差英雄的影子，既然這樣，為了對那仍模糊不明的謎團做個了結，他都得揭發這隱藏的真相才行。總之，眼下得先讓世人知道毒氣外洩的事。

我會堅持到底，和美國人來一場驚天動地的大戰！歐文仗著權力所做的粗暴行徑，微微燃起御城的反骨心，連和德尚先生一起坐在當地的路邊攤裡，也一直都鬥志高昂。但隔天他在警局裡的長椅醒來時，不經意地望向送來的早報，看得他下巴都掉了。看到報上標題躍動的文字，御城頓時茫然若失，任憑剛睡醒的頭髮亂翹。

「美軍在沖繩配置毒氣部隊

二十四名軍人住院，日本政府也重視這起事態

是否會影響歸還沖繩的交涉呢？」

他還沒和記者見面。有人透過別的管道搶先透露這個獨家消息。在美國刊出的號外，島上的報社隨後跟著報導（似乎是受害的美軍家屬對軍方的處理不當感到憤怒，向《華爾街日報》告發）。並沒有搶著報獨家新聞，而且毒氣外洩一事也已對外公開，這麼一來什麼事都解決了——才不是呢！

「就只有我被琉球警察革職，人生也搞砸了！」

「不能去向你的美國上司道歉，請他讓你復職嗎？」

「之前才跟他鬧翻，怎麼有可能復職。我現在丟了工作，該怎麼跟幸子解釋才好啊。」

當真是抽中了下下籤。特別命令搜查他已經受夠了，但他還是希望能繼續當琉球警察。這麼一來，真是前途一片黑暗啊！他向國吉說出大致的情況，並大發牢騷，頻頻講喪氣話。御城推著輪椅來到附近的海岸，聊到今後沖繩不知道會變怎樣。

「這次的事，絕不會就這麼結束。」國吉說：「擅自將毒氣帶到島上來，這實在太過分了。這在國際社會上也會引發問題，就連親美派也覺得反感。軍方和政府的信用掃地，美國人長期維護的島上秩序將毀於一旦。」

之後他們有一段時間都在關注廣播和報紙。瀨長龜次郎、屋良朝苗以及政黨領袖都分別召開會面，對美國人跨越分際的暴政表達強烈的憤怒。有許多美國人的臉孔從御城腦中掠過，有歐文・馬歇爾、塞繆爾・範・霍恩、保羅・懷亞特・卡拉威及其他高級專員、軍方司令部的門口衛兵和帶路者、憲兵、他奉特別命令搜查所逮捕的美國大兵。

雖然他不是親美派，但御城原本的身分，比大部分島民都和美國民政府來得更親近。看了他們每個人的臉孔後，刻畫在他心中的並非全然都是負面的情感。不過，一旦換成以國家為單位來看，就找不到值得他擁護之處。總認為世界是以星條旗為中心在運轉的美國。假裝重視人權，卻將當地人當作是庭院裡的石頭一樣看待的美國。基地裡什麼時候帶進了什麼東西，沒人知道，而且在軍事機密的名義下，沒公開這項情報，最後甚至連管理都加以杜撰。照這樣下去，總有一天會誤爆而全部炸成粉碎！御城深切明白這點。美國是個總想要在某個地方打仗的國家，他們也只是把這座島看作是戰爭用的小島。

在御城心中，站在回歸日本派這邊的御城已揮動起旗幟。

難道不是嗎？這種情況得快點想辦法才行。

要是告訴她這件事，感覺她會回我一句——你現在才發現嗎？

但才過沒幾天，新的新聞標題已令朝野沸騰。

御城再次懷疑自己的眼睛。

「毒氣一事，日本政府已知悉。」

已知悉？

出現許多證詞，政府相關人員也大致承認。

竟然會有這種事，「已知悉」是什麼意思？

既然已經知道，為什麼可以放任不管？

如果是默認美國將毒氣帶進沖繩，那麼，日本也算同罪。

「這就是現實，是日本慣用的手法。」

國吉也對這篇報導感到沮喪，一時情緒無法平復。

雖然他的嘆息令聽者感到難過，但那確實是這塊土地的吶喊。

偽善、空口說白話、信口胡謅。

還有坐在談判桌旁，背叛沖繩的日本。

光只會對美國言聽計從，掩蓋一切對自己不利的真相，這就是日本。

如果是這樣，那也不能揮舞回歸日本的旗幟。

「向來都是如此。不管是飛機墜落，還是女人成為美國大兵的玩物，都只會裝不知道。就算將毒氣帶進島上，也都視而不見。一切對日本政府來說，就像是隔岸觀火。如果是發生在自己國內的領土上，就會大呼小叫，但要是發生在這座島上，就大事化小。重點不在於我們沖繩人的安全或尊嚴。而是不能讓美國人不開心，好守護日本自己的繁榮。很遺憾，這座島一直不被當作是日本列島的一部分。」

每個人都因為這篇報導而深感受傷。也許比毒氣外洩事件還嚴重。對美國和日本的憤怒潰堤，之前就算再生氣，也不會有所行動的人——例如討厭示威活動，總是在一旁訕笑的人、臥病在床的老人家、孩童、為了一家十二人份的家事而忙碌的媽媽們，各個世代的島民都想舉起拳頭抗議。御城在寧靜的恩納沙灘，聆聽那相互糾結，情緒激昂的故鄉吶喊，感覺就像遠方慶典的歌舞聲。

我們的沖繩回歸日本，正緩緩地朝實現邁進。

連日的報導，因日美政府間的交涉，使得歸還進入倒數計時。

尼克森總統宣布撤兵越南的計畫。數千名陸戰隊員似乎會一起回到島上。美軍表明會撤走毒氣，但大家都知道，根本沒有方法可以確認他們是否真的撤走了化學武器。

多虧有過著隱居生活的國吉在，御城不愁沒對象說話。遭琉球警察革職一事，御城一直瞞著沒讓家人知道，這些日子他都睡到日上三竿才起床，東方發白才就寢。

沒聽廣播或看報時，他替兒子琉換尿布，幫幸子做家事，到海邊遛達散步。在宛如綢緞般滑順的熱沙上，大海留下了贈禮。有琥珀色的雙殼貝、珊瑚碎片、海藻、原本沉睡於海底的數千種礦物。他撩起褲腳，撿起這些東西給琉看。這時他猛然想起，朝黃昏染成一片橘紅的水平線凝望，同時讓摻雜著沙子的海風吹得襯衫整個鼓起，這正是島民的習性。

很慶幸從今以後，再也不用應付那些暴力犯，也不會再被叫去軍方司令部。這從天而降的自由、期待回歸日本的心境、飄盪不定的心，這一切全聚在一起，讓他回到那個原本喜歡睡回籠覺、早上泡澡的他。暗藏在毒氣事故背後的「犯罪」、「戰果」，這些事都得查探清楚才行，儘管心裡明白，但在海風的吹拂下，他無法停止打盹。在這股激情冷卻前，還是別回胡差為妙，這是可以確認的，所以他索性看開，心想，既然這樣，那我就好好享受歐文行使強權所帶給我的休假吧。

「現在已看不到你那原本緊繃的神情。」

「因為之前一直排滿工作，接著要悠哉一陣子。」

「之前你一直都沒待在家裡呢。」

「就算一家和樂在家靜養，也不會遭天譴吧。對了，幸子她……」

「你到底在幹嘛，大白天就往外頭跑。」

御城對幸子說，他請了年假。雖然兩人爭吵不斷，幸子幾乎每天都罵他是唬人精、臭屁老爺，但以前常不在家的丈夫，現在二十四小時陪在身邊，幸子顯得心情不錯。與妻兒共度的這段時間，對御城來說，是很奢侈的閒暇。躺在床上戰戰兢兢地摸妻子身軀，妻子也不會把他的手揮開，而且琉真的很可愛。都已經兩歲半了，還是得包尿布，而且又貪吃，他的大便臭得令人皺眉。琉很喜歡大海，手腳被蚊子叮成紅豆冰，每次一抱起他，就會用無比認真的眼神回望御城。

明明只是離開故鄉胡差，改住到海邊，卻覺得回歸日本和反戰運動的紛亂就像遙遠國度發生的事（這是這座島海濱地帶的魔力。在這裡度過的珍貴時間，卻伴隨著會讓人變得沒骨氣的危險，可說是兩面刃），再這樣頹廢下去很不妙。儘管御城有這樣的危機感，但他還是去國吉家，帶著一升裝的老酒，兩人夜裡在沙灘上共飲。他們總有說不完的話題，再加上這裡的時光悠閒怡人，最後往往都喝得酩酊大醉。

「連我也鬧失蹤，只有她一個人留在胡差。」

「你沒跟她說你現在住哪兒啊？」

「不知道會發生什麼事。要是連她也一併牽扯進來，那可就麻煩了。」

「我有好一陣子沒見到她了，想必還是一樣忙碌吧。」

「對於回歸日本，不知道她怎麼看……」

「長期在故鄉推動民運的人，最後總還是會認清事實。就算政權從美國移往日本手中，重要的事還是一樣沒變。我就是這樣才離開，不過，儘管對日本的行為感到沮喪和幻滅，卻還是繼續推動民運，這種人是貨真價實的愛鄉人士。有她那樣的女人秉持絕不放棄的精神，大聲疾呼，光這樣就會讓人覺得這世界還有救，而想試著相信『去除核武、等同日本』的希望。」

下午照顧孩子時、望著月亮圓缺的夜半、鑽進被窩裡的黎明時分，它都會猛然來襲。在日暮時分，看到斑駁的橘色、紫色的浮雲朝海面低垂時，便會想到有可能丟棄在海中的化學物質、可怕的毒氣，便會出現琉那白胖的肌膚染上有毒顏色的幻覺，忍不住發出慘叫。

殘暑過去，開始颳起秋風，但是突如其來的恐懼緊緊束縛了御城。吸入毒氣的幸子和琉，嘔出體內的所有內臟。無法解釋的怪病。黴菌。黑色的膿疱。皮膚長出像珊瑚礁般粗糙的疙瘩。琉呼吸困難，全身無法動彈，陷入昏睡狀態。因為瀰漫空氣中的化學物質，使得他小小的腦袋一面融解，一面在枕頭上留下油漬。就像B52只墜落在他兒子頭頂一樣，琉的頭部像起火般皺成一團，不管再怎麼抱緊他，還是無法阻止融解。御城從那駭人的噩夢中彈跳而起，放聲大喊——果然不能待在這種島上，不能在充滿毒氣的土地上養育孩子，我們得全家逃往別的地方才行。但馬上被幸子一口駁回。

「不能帶著這麼小的孩子去陌生的土地生活！你不可以這麼慌亂，這樣連我們也會跟著害怕啊。」

在接連做噩夢而變得憔悴的日子，他獨自佇立海邊，那些他見不到面的人浮現腦海，旋即又消失。有他的朋友、兒時玩伴、員警、美國人、日本人。嗨，最近過得好嗎？似乎已沒人記得御城。沒人跟他聯絡。沒人來看他。他望著孤獨的海景，感受到一股無處依靠的寂寥感，心想，也許他們都暗中約好，全都一起遠赴儀來河內，沒讓御城知道。

原本打算要躲到過年，但在這令人心神不寧，坐立不安的十一月，國吉說他有要事得去那霸一趟，御城苦思良久後，決定與他同行。

從那之後已過了四分之一個世紀——離那場戰爭已經有很長一段歲月，有整座島投入的抗爭，有許多的案件和事故，甚至民眾運動大大影響了政治，我們沖繩人正準備迎接那命運之日的到來。

那激烈的蹬地聲，令大地為之震動。

直衝天際的回音，讓風為之四散。

就是這樣的日子。國吉所說的要事，就是要在回歸協會與昔日的同志一起觀看前往美國首都的佐藤榮作，與等候他前來的理查・尼克森總統，為了決定是否歸還沖繩而舉辦的高峰會現場轉播。

「也就是說，在那項條約是否延長的問題上，日本希望能解決『歸還沖繩』這個大問題。而美國方面也早已將他們不擔負歸還時的財政負擔一事納入協議中，想必也會提出要求，改成對他們本國有利的協定。自從佐藤明確擺出要從尼克森手中『買回沖繩縣』的姿態後，歸還沖繩就成了既定路線。這場高峰會該注意的焦點，在於『去除核武、等同日本』這件事會怎麼處理。」

御城推的輪椅上，綁著一個頻率始終定在新聞頻道的收音機。預定等官邸的會談一結束，兩位總統就會發出共同聲明。在展開實況轉播的這天，美國民政府也會被各地的警戒和安排追著跑，應該沒心思注意到他這位因毒氣風波而逃走的前搜查員。而造訪回歸協會總部的國吉，以興奮的口吻說，她應該也會來。似乎對這場久別重逢頗為期待，不過，職員們悲喜交加的熱氣瀰漫著總部，但到處都看不到山子的身影。電視已開始播放特別節目。遠赴當地的播報記者，以白宮當背景，持續展開實況轉播，對觀眾說——應該會在沖繩時間的深夜發表聲明，在那之前請各位靜候。

她應該早就來了——回歸協會的職員們說。

在這種日子，她到底是怎麼了？

在所有集會中，都全力投入幕後工作的山子，不可能偏偏在如此重要的日子懶得出門。感到心神不寧的御城向人借電話撥打。打到山子家中，電話一直響著沒接，打學校也找不到她。問回歸協會的人是否知道她會去哪兒，於是打電話到首里的育幼院，這才聽到山子接了電話。

「咦，城哥，你在總部啊？」

電話的另一頭相當吵鬧。山子責怪他這幾個月來都聯絡不到人。

「你到底去哪兒了，搬家也不說一聲，太過分了吧。」

「我有我的苦衷。妳自己才是呢，不和同伴一起看電視轉播，真的沒關係嗎？」

「因為我接到電話，得到首里來一趟才行。接下來還得上胡差警局呢。」

「警局？怎麼了，育幼院裡有孩子離家出走嗎？」

「你不行。你不能來！」

山子在電話的另一頭大聲對某人說道。

「不行，津波古小姐。要讓宇太留在房間裡！」

「在吵什麼啊。宇太怎麼了嗎？」

「我叫他不能跟著一起去。因為待會我要去確認死者身分……」

約在警局玄關見面的山子，似乎已完全上緊發條，瀕臨極限。瞧她那緊繃的程度，彷彿要是隨便碰她的話，她全身的肌腱便會迸散開來。想必是隨著回歸日本的日子愈來愈近，她整天都投入示威活動和集會，只見她兩頰瘦削，脖子變得無比纖細，但還是像燃起藍白色火焰般，散發一股脫俗的驚人氣蘊。

警局內的電視也同樣在播放高峰會的特別節目。佐藤和尼克森似乎還在會談中，沒站向記者群的攝影機前。山子讓育幼院的女性職員以及怎麼也攔不住的宇太一起同行。

閃爍的日光燈顯得蒼白，令傳出腳步聲的走廊透著寒意。他們被帶往警局內的太平間。裡頭躺著兩具遺體。山子將那具體形較小的遺體臉上蓋著的白布往下拉後，下巴和睫毛為之顫動，但她還是保持原來的表情，不發一語的點了點頭。由女性職員摟住肩膀的宇太，朝遺體的臉望了一眼後，就像忘了眨眼和呼吸般，整個人完全靜止，緊咬著嘴脣，接著就像要甩開太平間裡的死神般，往走廊衝去。

「目前只知道是強迫自殺。」

刻意在場陪同的德尚先生語帶嘆息。

在即將決定回歸日本的這個影響命運的重大日子背後，竟然發生了這種事。

有對母女的屍體，在殘波岬的崖下被人發現。

一直在美里當女服務生的母親，原本都是將孩子交給育幼院照料，但最近可能是突然發揮了母性，將女兒接回去同住。但一個月前，在沒有搬家的跡象下，她們住的公寓突然人去樓空，於是山子他們報案請求搜尋。

也有人對小清那情緒不穩的母親感到不安，不過，因為她再婚後從良，辭去特飲街的工作，開始在公設市場工作，眾人都拗不過她這樣的熱誠。最重要的是小清，能和母親同住，她直呼萬歲，顯得無比歡喜，所以職員們也無從置喙。

「這不能責怪育幼院所做的判斷，不過，就這樣把孩子交給她，實在太早了點。」德尚先生帶著御城來到走廊上。「那個母親連公設市場的工作也辭了。她的手腳滿是針孔。接下來要清洗大體，恐怕只會談到一些讓人不舒服的事。」

這時屋外傳來某個聲音，御城急忙衝出走廊。一走出警局的玄關，只見宇太蹲在地上，雙手搔抓著地面，就像要刮除石粉地面般，整個人宛如退化成幼兒般，趴跪在地上。

唔噢——哇——啊——

那不顧一切的悲嚎，貫穿御城胸口。大步衝向前的山子，緊緊摟住那不斷喊叫，在地上打滾的宇太。就像要將他因極度痛哭而幾欲四分五裂的身心給緊緊留住般。

「宇太！」

她說不出安慰的話語，就只是緊緊摟著宇太。

「宇太，宇太，你要罵要哭都行。但你絕不能自暴自棄。」

不能連你都被黑暗的情感吞噬，不能讓你的雙眼被蒙蔽。和山子此時所說的一樣悲慟的勉勵話語，御城之前也曾聽過。那是他陪同確認遺體身分時，見自己重要的親人被奪走性命的家屬所說的話——一定也曾經有人這樣安慰過山子，向她曉以大義。

饒了我吧，饒了我吧。這島上的人全都被教導如何跟不合理的命運對抗的處世之道，以及如何從痛苦的悲嘆和憎恨中自保的方法，而現在又要將它傳承給下一代。這種做法非得一直傳承下去不可嗎？要是這座島再次重回日本懷抱，不再有毒氣、武器、基地，就能夠傳承比較正常的智慧嗎？只會談到一些讓人不舒服的事。德尚先生的直覺沒錯。儘管如此，此時的御城也只能束手無策。

特飲街的客人稀稀落落。有不少店家已撤下招牌。美軍今晚也都守在軍營的電視機前看轉播吧。位於巷弄盡頭處的A Sign店，御城前來拜訪的這位老闆娘，正托腮看著電視。

「哎呀，真是稀客。」

簡單寒暄幾句後，御城談到殘波岬自殺一事。

一提到小清的名字，知花倒酒的手馬上停下動作。

她低下頭嘆了口氣，手肘撐向吧臺，花了很長一段時間才又抬起頭來。

「為什麼要帶那女孩一起死……」

「她曾經和宇太一起來看過妳吧。」

「那女兒的媽媽名叫初音……我問你，如果你知道那對母女的事情後，會直接告訴宇太嗎？」

「如果讓他知道會比較好的話。」

「在美里這個地方，大部分的事都是別知道比較好。」

在美里相當資深的知花，知道大致的內幕。確實有位陸戰隊員承諾要和初音結婚。等我從戰場回來後，我們就共組家庭，我要送妳美國的永久居留權當禮物——這是美國人在世界各個殖民地或統治領地常用的泡妞話術。在戰時，基於不知道是否還會有明天的熱情，往往會讓年輕士兵變成浪漫情聖。老經驗的娼妓不會對這種話當真，但遭受成千上百的花言巧語猛烈轟炸的初音，似乎不小心被攻陷了。

一家三口同住也行喔，Honey。

這句話打動了初音的心，甚至讓她決定將育幼院裡的女兒接來同住。

在她那未來的丈夫從越南歸來，結束兵役前，都還讓初音滿懷期望。我一定會來接妳的，

Sweetheart。男子與她熱情擁抱，坐上回國的班機後，當然就不會再回來了。連封信也沒捎來。枯等了一年多後，初音這才發現對方根本是亂開空頭支票，為了排解這樣的孤獨和痛苦，海洛因成了她唯一的依靠。

「接下來就是一路落向深淵的坑底了。」知花發出悲慟的嘆息。「上美國人的當，最後還吸毒成癮，真教人不忍卒睹啊。不過，初音掉落的坑底，其實還有另一個更深的坑。」

「既然她發現自己被騙了，為什麼還要從育幼院裡把女兒帶出來？」

「年輕時的初音頗具姿色，手段也高明，是有名的美里西施。但海洛因上癮會縮短當女服務生的壽命。招不到顧客，也賺不到醫藥費的初音，最後決定將女兒領回。」

「真搞不懂，為什麼會變成這樣？她不是有可能養不起女兒嗎。」

「對娼妓的女兒垂涎三尺的美國大兵多的是。有不少美國人一知道她有女兒，馬上便向她央求說下次能否和妳們母女見面。初音決定回應這些熱情的要求。她說服女兒和她穿一樣的連身內衣，母女倆一起接受美國大兵的口哨歡迎。」

「唔，這件事不能告訴宇太。」

「就說吧，所以不是我不說嘛。」

這事實在令人作嘔。她只是個十二、三歲的女孩啊。

小清年幼的身心，就已經遭受連島上大人也不知道能否承受的磨難。

那超乎想像的性招待，並非只有一、兩晚。打從她離開育幼院後，已持續長達好幾個月。

「妳們沒阻止她嗎？」

當御城說這句話時，吧臺上的電視正傳出充滿活力的聲音。

現場轉播的記者說——高峰會似乎已經結束。

佐藤首相和尼克森總統步出會場，兩人即將展開共同聲明。

「當然阻止過啊。美里的所有女人都阻止過她。」知花似看非看地望著電視，接著說道：「不過，不管誰說什麼，海洛因成癮的女人都聽不進去。」

「看是通報警方，還是將那女孩帶走保護，應該會有辦法吧。」

「我們輪番說服她，甚至連地方上的黑道都看不下去，將她趕出美里……但初音可能是沒毒品可打了。客人對她動粗，她對一切都感到厭倦，所以才會邀女兒一起……」

佐藤和尼克森出現在映像管螢幕上。一邊朝記者揮手，一邊走上記者會的講臺上。記者報導著即將宣布共同聲明。在回歸協會總部、每戶人家的電視機前、提早關門的A Sign店內、警察局、醫院或學校的輪值室、賓館或黑道的事務所，大家應該都像等候上天下達神諭般，緊盯著現場轉播。其實原本應該是和山子以及國吉一起看這個畫面，此時卻在這家偏僻的A Sign店盯著電視看。御城像一時判斷錯誤，誤闖了這條窄路，心中的困惑始終無法抹除。

「我很了解那女孩……」望著電視畫面的知花，眼眶泛淚。「在她從美里消失前，我曾在路上遇見她。她剛來時是那麼活潑開朗，但後來變得死氣沉沉，我和其他女服務生圍住小清。」

妳最好別再和妳媽同住了。美里的女人對她這樣說道，想拆開她們母女。但小清卻拒絕眾人伸出的援手。

我已經不是小女孩了，我自己可以決定。她這樣說道，沒聽從我們的建議。

因為要是能住在一起，就不會覺得寂寞。

媽媽要是自己一個人，那她太可憐了。

我一點都不覺得排斥。她極力擠出笑臉，快步離開巷弄。知花心想，儘管她母親放棄養育，將她丟在育幼院，強迫她做那些像噩夢般的工作，但這女孩還是喜歡媽媽。

「那女孩一直到最後，還是很愛她媽媽。」

所以才會一起跳海。為了不讓母親孤零零一個人，跟著從崖上跳落。

這一刻，這一刻終於來臨了。電視上的聲音反覆說道。

佐藤首相與尼克森總統，對於一九七二年的沖繩施政權歸還，雙方達成共識。

沖繩歸還，達成共識。戰後長達二十多年的美國託管統治，即將就此落幕。現場轉播說的那句話，御城左耳進右耳出。他一再細想那名少女生前留下的話語，錯過了報導的那一瞬間。

接著發表聲明文，實況轉播者濃縮大致內容。關於沖繩回歸日本一事，日美領袖都同意維持原樣不變更，日美安保條約仍舊適用。為了堅守亞洲各地的和平和繁榮，日本會逐漸擔任基地的防衛工作。島民期盼良久的基地及軍用設施的即時無條件歸還，看來是作罷了。再重複一次，基地的即時歸還似乎是作罷了。不過，這也可視為日美領袖持續的外交努力所達成的歷史成果。

「基地還是留下來了對吧。」

知花臉上浮現分不清是鬆了口氣還是幻滅的表情。

「回歸協會的人應該很生氣吧。」

「我現在很希望能失憶。」御城既不驚訝，也不開心。「基地的問題被模糊化，核武和毒氣也沒移除。戰鬥機持續墜落，娼妓的孩子被當作玩物。面對這樣的歸還，會覺得高興的，就只有給自己的歉疚臺階下的日本人。」

電視畫面播出革新政黨與回歸協會的主要人物。沒人露出開心之色。發表看法的每個人都臉色凝重，就像在誦讀悼辭般，難掩悲愴之色。

「今後會變怎樣呢？」

「不會怎樣，這同樣也是空頭支票。」

御城的聲音空洞而又沙啞。屋外的喧鬧聲消失，久久都沒傳來醉漢的吵鬧聲。連狗都沒吠。就像在為已故的少女服喪般，這座基地島為之沉默，陷入如同月亮背後般的寂靜中。

感覺黎明比來世還要遙遠。清晨的飛鳥不再為故鄉鳴唱。就像在為不再升起的太陽守靈般，小雨飄落，因沉沉陰氣而濡溼的小巷弄裡，時間之河放棄朝黎明流動。

經過一番盡情的吶喊和哭泣後，宇太猶如電池耗盡電力般，沉沉入睡。山子他們也回育幼院去了。牆上時針指向四點。山子說，在隔天早上上班前，她都會留在這裡，御城與她併肩坐在客廳的長椅上。

御城原本猶豫不知該不該說出小清的事，但山子告訴他，我也曾經在特飲街工作過，對於那裡會發生的事，我已經免疫了，所以不會有事的。御城拗不過她，於是毫無隱瞞地將他在美里聽到的事全告訴她。

「離開育幼院的小清，說她不想見面。最先發現不對勁的人是宇太。應該是有預感吧。」

回歸日本的事，還有宇太和小清的事。以教師和民運人士的身分度過前半生的山子，現在一次面對兩項足以撼動她人生的大事，就像一名在比賽中被打得鼻青臉腫的拳擊手。正搖搖晃晃地回想那場落敗的比賽。她氣落游絲，眼神飄忽，緊抱著被打破的夢想殘骸。

不過，她微張的眼皮內仍留有一絲精光。有她那樣的女人在，就會讓人覺得這世界還有救——國吉把山子講得好像是這島上的財產似的。的確，這天的山子宛如脫離俗世，超凡入聖一般，側臉活像是彌勒菩薩。像拳擊手一樣被打得鼻青臉腫的彌勒佛。御城暗自感到驚嘆。真不簡單，能散發出這種氣息的人，也就只有妳了。

「那女孩就像是宇太的妹妹。」山子悄聲低語。

「哦，妹妹是吧。確實有這種感覺。」

「宇太一定很懊悔，暫時得盯緊這孩子才行。」

「妳也別瞎操心，要多休息。今晚妳應該很難過吧。」

「一定睡不著覺，大家肯定也和我一樣。不過話說回來，連宴會也沒辦。已說好要回歸日本，應該要全島一起慶祝才對啊。」

和山子一樣全力投入的回歸派，也沒說出「期待日後的發展」這樣的話來。儘管美國的統治結束，但基地還是得保留。「去除核武、等同日本」的口號沒能實現。若是這樣，回歸日本是為了什麼？島上的人民對回歸抱持什麼期望，佐藤政權和日本人一點都不懂。不，肯定是明明懂，卻裝不懂。為了強化兩國的關係，為了與美國進一步一體化，想在島上保留基地的，不是別人，正是日本人，這點御城自己也很清楚。

「不能自暴自棄。因為全島團結一心，所以還有我們能做的事。」

「你原本對歸還日本這件事，都抱持可有可無的態度呢，城哥，沒想到你這麼堅持。」

「我都這把年紀了，妳還當我是個輕浮的小伙子嗎？不過話說回來，我現在每天也都會被叨念就是了。」

「不過，你算是一位有能力的警察，所以才會教人覺得難懂吧。」

「哦，妳終於發現我真正的價值啦。」

「你暗中揭發惡行，還將暴力犯過肩摔，真的很厲害。你將壞蛋一一打倒，一直守護著我們的故鄉。」

沒想到山子對御城過去所做的事也大都知曉。

在高級專員的暗殺未遂事件中，他立下大功，在多起美國大兵犯下的案件中，成功逮捕嫌犯……似乎是一有機會，她就會向宇太或國吉詢問。雖然是意想不到的讚美，但此時的御城之所以沒得意忘形，是因為他隱約覺得這是在責備他。你明明這麼厲害，但之前都在做什麼？為什麼沒能從故鄉裡找到那位失去下落的摯友？

如今回想，當初當警察的志向也沒能實現，就這麼遭到免職。他以胡差的刑警和美國的祕密搜查員這兩個身分四處奔走，但在喚回兒時玩伴歡笑的這件事情上，終究還是沒能展現成果。可能是因為這一直令他感到歉疚，所以在山子面前才不敢誇耀自己的功績。

「小清要是能多找宇太幫忙就好了。」

御城望著一旁的側臉，如此思索。山子今晚流過淚了嗎？

感覺沒有。她看起來很憔悴，彷彿連嗚咽都乾涸了。

「我們要是也能多倚賴城哥一點就好了。」

「正因為是特別的對象，所以就算想倚賴，也辦不到。」

「雖然我一直都不想倚賴你，但我想比一般人努力工作，讓我重視的人全部都有飯吃。」

「妳怎麼了？感覺妳說的內容全攪在一起了。」

「不過，面對必須要倚賴的人，如果能好好倚賴的話……」

我們——山子說。難道她拿自己的遭遇與小清重疊嗎？

可是我——御城心想。我從來不曾拿妳當妹妹看待。打從很久以前，我就已不再拿妳當自己好友的愛人看待而與妳疏遠。

「這樣的話，今晚或許就不會再失去重要的事物了。」

兩人的肩膀處在若即若離的距離下。

山子就像暈船似的，雙眼顫動。她眼中的光采特別顯眼。

時針仍在四點處徘徊。看來，今晚的時間在此停止了。山子主動挨近，兩人從彼此的眼眸中，看到宛如在漆黑的洞窟深處搖曳的燈火亮光。

就算不像他們兩人一樣從小在島上長大，但人生偶爾也會有像這樣的瞬間。像突然打上高空的照明彈所發生的一瞬之光，讓位於情感深處的某個東西清楚浮現，連細部都看得一清二楚。山子伸展身軀，長長的手臂環向御城那冒汗的脖子，兩人四脣交疊。

妳好。你好。

兩人口中有了全新的相逢。

彼此就這樣久久無法分開。

就像在沒有浮具的情況下，被拋向遼闊汪洋的中央。

山子緊抱著他，就像在說，她已不想再漂流。

還是說，溺水的人其實是御城？

山子的臉在御城上方。

她的呼吸和口水的氣味、舌頭、體溫，彷彿全都流進御城體內，就是如此深情的一吻。

她不是彌勒佛——御城心想。她是火神。為什麼現在才做出這種宛如將心臟放入烈火熊熊的爐灶中的行為呢。如果早幾年這麼做的話，面對這宛如美麗幻影的時刻，他便不會覺得如此痛苦難受。

「——這其實沒什麼。」

兩人移開彼此緊貼的臉後，沒人繼續緊抱著對方。

山子沒將視線移開，靜靜注視著御城。

「我說過對吧，我對特飲街的事早已有免疫力。」

「嗯，妳是說過，那是什麼意思？」

「在這座島上當女服務生，不可能從來沒做過倒酒以外的工作。」

「啥？什麼意思，妳為什麼要談這件事？」

「我曾在小巷弄裡被人撲倒在地。」

「被誰？美國大兵嗎？還是……」

「不過，我並不當一回事。現在也完全沒放在心上。我是說真的。男人比想像中還要差勁，絕不能小看島上的女人。」

那宛如泡沫的一吻，還有這突如其來的告白，令御城內心大受衝擊。也許山子這不是在逞強，她只是想陳述事實。島上的男女該如何面對人生，你們從哪裡來，該往哪裡去——他感覺就像有人透過山子的柔唇向他問這個問題。那是只有在靜止的時間中，只有在故鄉失去重要事物的這種夜晚，才會顯現的真實碎片。

時鐘又開始運轉，山子在長椅上沉睡。御城用襯衫當被替她蓋上後，便離開了育幼院。在清晨踏上返家之路。浪潮聲伴隨著夾雜沙塵的海風。因打開大門的聲音而醒來的幸子，向他問道：「結果怎樣？」一面對連深夜的共同聲明都無法讓她起床觀看的妻子，御城緩緩地說：

「一切都還是老樣子沒變。琉還沒醒嗎？」

累死我了——御城一面脫衣，一面搖頭，就像要將那幻影從腦中揮除般。

我們沖繩將回歸日本。失去了某個東西，做了個短暫的美夢，一個無法拔出的木釘深深打進體內，但生活仍會繼續過下去。御城對妻子說，待會吃完早飯，要不要我們三個人一起去沙灘散步？

十五　那裡有妖怪、很不乾脆的男人、警戒線的攻防

再過兩年。

兩年後的一九七二年，沖繩就會回歸日本。

明明是眾人期盼的結果，卻沒人歡呼。

我們沖繩在空歡喜一場後，殘留的興奮和希望殘渣散落一地。

不堪回首的橫布條和旗幟，任憑爬過巷弄的風吹拂。

在地球的另一側，搭上阿波羅十一號的太空人才剛完成人類首次登陸月球的壯舉，但有達到遙遠高空的人，也有被緊緊束縛在保留基地的這塊土地上的沖繩人，如此懸殊的落差，實在教人難以忍受。

孩童都說，最近老師個個看起來都心不在焉。從那天起，山子也沒再投入教職員會和回歸協會的活動中，不論是在教室還是在家中，她動不動就陷入沉思。每次想到今後會變成怎樣，還有日後的生活以及故鄉的前途時，兩個男人的臉龐就會在她胸中激起洶湧的風浪。

那天晚上，我為什麼會做出那樣的事來。

為什麼會對御城說那樣的話。

那並非全然是違心之言。在小巷弄裡被人撲倒的事，一點都不放在心上，只有這句話例外。我已不再純潔，所以你不必在意這種事，這才是我想說的嗎？這口吻簡直就像輕佻的娼妓，每次想到這件事，就幾欲從臉上冒出火來。

為什麼我會想要有這樣的關係，只因那天覺得無依無靠，因一時的誘惑而心花怒放，也不管御城的感受，就自己靠向前。他明明是個有婦之夫，明明知道他不是會拋家棄子的男人。難道我想當情婦？都這把年紀了，明明就沒膽量全力投入男女關係中。

哎呀，我這個人真卑鄙。是個沒有節操，厚臉皮的女人。

為了我們彼此好，那件事得當作沒發生過。

話雖如此，對山子來說，那並不是一件微不足道的小事，可以忘得一乾二淨。都這把年紀了，卻還這麼愚昧的愛上別人的丈夫，為此意亂神迷，令她感到羞愧，而當她改想別的事情時，這次又為了另一個男人而攪亂了思緒。

那件事發生後，宇太始終無法爬出悲嘆的深淵，他封閉自我，動不動就發怒，詛咒這個世界，令津波古小姐他們傷透腦筋。為了讓情感麻痺，他放縱憎恨，不願面對自己淌血般的心痛和孤獨感。育幼院也不知該如何對待宇太，考量到他會對其他孩子帶來不良的影響，他們甚至討論要將他送往心理治療科。

因為宇太平時就已經夠危險了。

他孤兒時期的惡習一直沒改，一直都還在當黑道流氓的跑腿小弟。

宇太不會以善惡判斷來看待他人，所以很可能走上歪路，讓他留在育幼院的人，正是小清。宇太也快十七歲了，這時候要是沒人盯牢他，應該很快就會誤入歧途。

所以山子試著與他對話。她趁學校活動和集會間的空檔前去看宇太，在咖啡廳裡請他喝可樂和炸熱狗，到熟悉的巷弄裡散步。但變得自暴自棄的宇太，對於山子說的話，幾乎都當耳邊風。

「這座島成了日本的一部分，我們得到什麼好處？基地就這樣留下來了對吧，美國人也沒道歉。不論是對我母親，還是對小清，他們都該付出代價才行。」

在特飲街很吃得開的宇太，在美里得知小清先前的遭遇。他沒忘了自己的出身。他對基地和美軍一直懷著憎恨，對宇太來說，這似乎是他面對這世界的唯一方法。

「說什麼付出代價，你又能做什麼？你不該背負這樣的仇恨。」

「島民不是常說『總會有辦法的』嗎。就是這樣，大家才都很健忘。不過這麼一來，小清和她母親就太可憐了。」

宇太這番話，化為山子身體的疼痛，就像有倒鉤的釣針般，用力在她心底拉扯。要找尋適合的話語來開導他，真的很難。

「那是因為……有些事如果不忘掉的話，根本無法活下去。因為有過如此慘痛的遭遇。不管是宴會還是占卜都好，什麼都想依賴，想揮別過去，而在這種情況下產生的『總會有辦法』的這種想法，並不單只是字面上的『總會有辦法的』這麼簡單。」

「這麼說來，老師妳自己也忘了過去的事嘍。」

「我也許還沒達到那個境界。」

「我才不要那麼健忘呢。」

平時就已經很多愁善感的十七歲少男，很難對山子的話產生共鳴。山子甚至心想，或許御城比她更能提出好的建言。不過，他邀宇太一起去找御城，但他卻只是回一句「好啊，下次吧」，然後說他等一下和朋友有約，便消失在人群中。看到他那像流氓一樣強行撥開人群的背影，山子心中忍不住感到焦慮。

對山子伸出援手的人，是小清。

歲末幫忙整理遺物時，發現一些像日記的東西。上頭寫有每天發生的事、吃了哪些東西、對節日活動的感想、試用潔牙粉後的感想（她很喜歡薄荷口味）、花朵或蕾絲圖案的塗鴉等，滿是少女的悲喜，而她離開育幼院後便停止寫日記了。朗讀小清那渾圓的字跡時，一陣針刺般的痛楚湧向雙眼。

當中還夾著她與宇太合拍的照片。那是在與儀公園賞寒緋櫻時拍的。站在難為情的宇太身旁，小清比了個V字。

兩人都拍出閉眼照，兩人都笑得開懷。

當中大部分的文字描述都提到宇太。宇太說的話、和宇太前往的場所、當初被人欺負，宇太挺身保護她時、緊緊牽起她手時，她心中有多高興。當混居寢室裡的孩子不在，宇太到房間裡來時，跳得又快又急的心跳。本想將這本日記當成是小清的遺物送給宇太，但這樣做好嗎？隨著年紀漸增，愈能看出少女心中萌生的愛意，所以小清或許會覺得難為情。如果是我就會。

從小清長達數年的時間都這樣記錄的日記中，山子發現幾個令她好奇的地方。

「7月23日，再次去了宜野座。走了好長一段路，請一位戴草帽的大叔讓我們搭便車。我沒進去那裡面。小哥也要我在外頭等。」

不同年的春天，也發現提到同一個地方的描述。

「3月14日，小哥說他去了一趟宜野座。我討厭那裡。那裡有妖怪。」

小清寫的地方似乎是宜野座。

那是位於邊野古崎和金武岬中間的森林和它附近的村落。離育幼院有很大一段距離。

以大人的腳程，單趟應該就得花上半天的時間。單就日記上看到的這部分，宇太和小清便去了「宜野座」約莫五次之多。如果是宇太單獨行動，次數似乎更多。宜野座那裡有什麼？越過南邊的金武，有一座大型的美軍演習場，除此之外，一時間想不到有什麼知名的海水浴場或觀光名勝。

某天突然出現在山子他們世界裡的人，正是宇太。他總是在小巷弄或垃圾場出沒，不知道他住哪裡，都回哪裡去。也許宜野座與宇太的來歷有關。可能那裡有宇太年幼時期深深烙印在記憶中的風景，他想讓小清也親眼見識。

就像育幼院的其他孩子一樣，宇太也有他的祕密。有過去的傷痛。天真的雙眸所看到的事物，對現在的他們帶來深遠的影響。

看著日記，山子心想，重新回溯自己的出生和心中最初的風景，或許就能找到契機，解開十七歲的宇太心中的結。

過年後不久，一個絕佳機會來臨。山子焚燒完遺物返回時，巧遇宇太。山子說有重要的事要跟他說，但宇太不想搭理，所以山子措辭變得嚴厲，兩人起了一點小爭執。

「山子老師，妳很囉嗦吔！」

宇太把她緊握的手甩開，跑得老遠。這天，山子也堅持不肯退讓。之前她也曾追著宇太跑，但宇太曾是個神出鬼沒的孤兒，只要跑進巷弄裡，要追上他敏捷的背影可說是難如登天。但這天，他坐上在馬路上等他的不良少年的車。山子急忙也攔了輛計程車，塞給司機幾張二十美元的紙鈔，請他追前面那輛車。

載著宇太的那輛車，路過胡差和美里，在石川北邊的外郊停下。

獨自下車的宇太，開始沿著海岸線北上。

難道那孩子要去宜野座？

清澈的蔚藍大海與翠綠的自然和諧共存。海面折射陽光，綻放出比島上南部更耀眼的原始光芒。宇太完全沒回頭，他沿著鐵絲網繞過美軍的演習場，走進森林深處。

隨著路況愈來愈差，四周的綠意也漸濃，尖尖的枝葉朝臉面和眼睛襲來。宇太踩著熟門熟路的輕盈步履，像在感受濃密的森林表情般，在獸徑上一路前進。我也不能輸給你，山子情緒激昂地說道。在發生那場戰爭前，她常在山野間四處玩耍。身為島上長大的野孩子，我可比你資深呢，管它是陡坡、凹凸不平的路面、蟲叮、像陷阱般的乾枯雜草，都儘管放馬過來吧！來到森林深處轉頭一看，從樹梢間可以望見形狀像彎刀般的大海。

嗯，不過，另一項擔心也隨之逐漸膨脹。這種森林深處會有什麼呢？若說這是與他出身有關的最初風景，也未免太遠離人煙了吧。

這一帶算屬於「山原」地區。這是島上中部到北部一帶的原始林，就像會被指定為天然記念物般，是飛鳥和昆蟲的樂園，另一方面，這裡也是出了名的三不管地帶，被趕出幫派或是遭放逐的流氓常在此藏身。

不久，連太陽也開始西傾，四周漸顯昏暗。太陽下山後，走山路極為危險，但是看宇太的步伐，完全沒考慮要往回走。山子心想，要是太陽下山他還是不往回走，那就硬拖著他離開森林吧，就在這時，宇太突然從山子的眼前消失。是掉進林地中的凹洞嗎？靠近一看，有一處往下走的斜坡，在一株看起來樹齡頗高的巨樹後方，有一座洞窟。

我討厭那裡。那裡有妖怪……

小清在日記上這樣寫道。

宇太常造訪的地方，是一座洞窟？

對島上的人來說，與他們關係深厚的是島上南部的洞窟，不過石灰質的洞窟在島上的中部和北部也很常見。就連山子也為之卻步。洞窟的風景直接與戰爭產生連結，所以這可算是一種靈魂的單位，令人避諱。就連戰後才出生的小清，似乎都感覺出它的陰森可怕，但宇太卻在裡頭待了一個多小時都不出來。

他在裡面做什麼？這令山子腦中出現負面的想像。對躲在這裡藏身的流氓來說，沒人靠近再好不過了。聽說在火併中扣押了許多槍械。也有人傳聞，基地的盜賣品都藏在某個地方。難道說，這裡是流氓的祕密武器庫。

哎呀，也許真是這樣。那該怎麼辦才好。

不光有妖怪。也許裡頭還躲著欺騙宇太的邪惡大人。

該硬闖嗎？怎麼辦？洞窟確實令她卻步，不過，要是真有流氓住在裡頭，那就更不是山子所能應付了。就算強行將宇太壓制，日後與他的關係恐怕會產生難以修復的裂痕。怎麼辦才好，該往前還是回頭？正當她內心糾葛時，遠處傳來一陣竊竊私語聲。

感覺有人朝這裡走來。山子馬上將石頭疊向巨樹根部，不讓對方發現，隨後離開現場。是躲在山原的流氓嗎，她本想從樹後確認，但在天色變暗的森林裡，她迷失了方向，搞不清楚聲音傳出的方向在哪裡。

她打算先撤退，改天趁宇太不在的時候再來。

而且應該和御城一起來。

也許有違法的行為牽扯其中。想要正確地看出真相，需要有御城的眼力協助。這是山子做出的結論。她相信常來這裡的宇太能順著暗路回去，所以她早一步返回住處。隔了很久，他打電話到育幼院查看，得知宇太當天便回去了。

山子很想盡快前去洞窟一探究竟，但她不知道搬離胡差的御城住哪裡，而且回歸協會裡也出現新的爭議，她想行動卻動不了。在這段時間間，不安一直在她心中悶燒。躲藏在森林洞窟裡的「妖怪」，到底悄聲對宇太說了些什麼？

小清，我很快就會再去一趟——她忍不住暗自祈禱。

在那之前，請引導宇太走向正途。

當時御城獨自展開靜坐抗議。

每個人都怒不可抑。幸子同樣也在發火。

這是一月嗎？就像置身地球的另一側般，充滿了熱氣，彷彿只要有小小的靜電，整座島便會起火燃燒。「去除核武、等同日本」的願望沒能實現，期望愈高，遭背叛時的失落感也愈重。發表共同聲明後，美國民政府馬上根據美元防衛政策，宣布將以數千人為單位，解雇軍方雇員。這麼做的意思，可能是表示美國已沒有照顧島民的道義，你們知道依賴基地生存的人有多少嗎。基地周邊A Sign店的店員、軍方雇員、進出基地的業者，開始大聲抗議「我們會活活餓死！」，與回歸協會起衝突。從以前就一直與非法解雇抗爭的「全軍勞[5]」，成為工會會員超過兩萬人的最大工會，並找尋適合的日子，由基地的雇員展開大規模罷工。到處都發動反美抗爭和撤消解雇運動，島民間相互衝突的情勢也愈演愈烈。但御城的靜坐與這一切無關，純屬私事。

他跪坐在那霸家事法庭前的人行道上，堅決不肯走進建築內。幸子在家事法庭的門口責罵他。你這個人真不乾脆！罵聲不斷。御城心想，將琉託付給丈母娘照顧，真是幫了他一個大忙。能不讓自己的孩子看到父親這種不像樣的醜態，實在萬幸。

「我不進去，薪水，薪水有什麼了不起！」御城吼了回去。「只要有家人的愛，什麼難關都能度過。」

「我又沒提到薪水。」

「我不離婚，不能讓琉成為單親的孩子。」

「現在離婚還不會鑄成大錯。話說回來，他對父親還沒有記憶。」

「哎呀，才沒這回事呢。總之，唯獨離婚這件事，我絕不同意。」

「你明明無業，卻一直在騙我。不只不負責任，還愛說謊，我怎麼可能繼續和你這種男人走下去！」

「我不會動的。我是城堡。城堡怎麼樣也不會動的。」

「明明沒工作，還說什麼城堡，整整半年都在遊手好閒！」

被琉球警察革職一事東窗事發後（似乎是從之前的女警同事那裡聽聞），幸子便逼他簽離婚同意書。與那天他和山子間發生的事，或許也並非全然無關。因為幸子猜出他或許有別的女人。因為從那之後，幸子馬上鬧離婚，所以無法斷言這當中沒有因果關係。

雖然跟著幸子來到家事法庭，但到了重要時刻，御城高舉反旗。要是在沖繩歸還日本前，自己搶先歸還戶籍，這可一點都不好笑啊！御城緊抱著妻子大腿，妻子拿文件猛敲他頭，他在跪坐的姿勢下

5　全沖繩軍勞工工會。

挨了一記膝擊，鼻血直冒，受盡路人憐憫和嘲笑的目光。

我只是想阻止家人四分五裂。我不會再說謊了，我這就去找工作！他額頭緊貼地面，等候妻子給他討論的空間。邁入第三年的這場夫妻間的戰爭，眼下是決定天下大勢的重要局面。

雖然最後勉強守住，沒走上離婚一途，但幸子仍舊怒氣未消，而追在御城屁股後燒的那把火也沒熄。總之，沒薪水的話，一樣跨越不了這個門檻，所以他到處打零工，但某天他在工地看到空屋招租，他心想，嗯，有沒有什麼方法可以發揮我過去的工作經驗呢？他馬上為籌錢奔走，四處借錢，在胡差的一個小巷弄裡掛出私家偵探的招牌。

以前我還常調侃她是名偵探山子。

我才是貨真價實的偵探呢。不論是尋貓、調查外遇，還是錯綜複雜的困難案件，我都接受洽談。私家偵探御城，就此誕生。

這樣的創業確實突然，但請聽我解釋。退休的島上員警掛上偵探招牌的例子也不是沒有，因為島上離婚案件多，所以調查外遇和身家調查對偵探業者來說，根本就是小菜一碟。而且歸還日本已經確定，因為軍方雇員被革職，以及特飲街沒生意上門，所以案件頻傳。島民之間的打架、暴力、傷害、到示威活動中鬧場，琉球警察嚴重人力不足，這是現狀，能從警方那裡取得跟監或調查的工作，這是我打的算盤。

而且我是御城。在故鄉的案件搜查方面，沒人贏得了我。比起邊土名這種地下萬事通，我有自信能當個更稱職的厲害偵探。好了，讓各位久等了，睽違半年，御城終於完全復活了。胡差的親友們，快排隊來讓我大賺一筆吧！

「你連傳單都沒好好發，怎麼可能會生意興隆。」

「因為我要是大肆宣傳，被美國民政府察覺，可是會惹禍上身的。」

「可是，我看你好像很閒呢。」

「唔，連一件調查外遇的案子也沒上門……」

開業後，有一陣子生意慘不忍睹。多虧前來慰勞的德尚先生的一份溫情，得到整理文件和名冊的工作，但老是被安排做這類的雜務，感覺就像被貶為琉球警察底下的承包商，實在很沒意思。

「你兒子還小，你暫時就腳踏實地地工作吧。千萬別一時得意忘形，介入什麼麻煩事，就認真追查外遇丈夫和走失的貓吧。」

德尚先生並未詢問當初政府施壓的原因。也許他也早已察覺，御城除了刑事課的工作外，還有別的任務。大叔身為地方上的刑警，自尊比人強，所以要是他知道御城背地裡接受美國的特別命令，一定會對御城感到鄙夷和失望。所以他才什麼都沒問。

御城也都謹守德尚先生的忠告，但就是沒有委託人上門。因為他都隱瞞自己的身分和來歷，什麼也沒向人告知，所以會有這樣的結果，也是沒辦法的事。因為沒賺錢，所以沒臉回位於恩納的家中，起居都在事務所的那張硬椅子上，他心想，警察組織與個人偵探社的最大差異，在於能否追查自己想處理的案件。

既然這樣，得試著挑戰那起案件嗎？

不論是對御城，還是對島民來說，都因為太錯綜複雜，而無法查明結果的那起案件。

寄件者不詳，四處發送的「戰果」……

那麼多物資，是誰寄送的，用什麼方式？這幾年間發生的案件，要解開這當中謎團的線索，感覺與這起怪事有關。就像在模仿昔日那位最優秀的戰果撈客般，到處發送物資的這個人物潛藏在某處，他用書信向御城暗示他的存在，並唆使邊土名這樣的人物販售毒品，彈藥庫地區的那起「犯罪」可能也與他有關。從這些線索中能感受到的共通點為何？想讓這座島翻天覆地的煽動意圖。想讓整座島回到昔日充滿強悍生命力的時代。想掠奪背後豐碩成果的貪婪野心。帶著如此強烈的情感暗中蟄伏、活躍，行事毫不躊躇，說到此種行事作風的不法之徒……

就只會想到某號人物。

這麼長一段時間以來，此人一直消聲匿跡，這原本就透著詭異。

也許他成立了組織，不過他一定就在其中。

「零，你也差不多該現身了吧？」

是你對吧，御城自言自語道。想見你一面的人，可不光只有我。

如果能挖出前一段時間蔚為話題的「戰果」真相，以及與毒氣有關的新事實，島上的報社肯定會出錢買下獨家新聞。御城看準賺錢的目標，展開行動。如果真有一群人在島上暗中活躍，他們的基地應該就存在於某處。

與毒氣外洩有關的「犯罪」，如果是非法入侵和搶奪物資的話，那就有可能是有能力攻進高度戒備地區的武裝集團。此外，他們也很可能囤積了許多槍械當作「戰果」。應該需要有場地藏匿這些武器。

島上的流氓藏身時，都會選在「山原」。不過，若要對那裡展開地毯式搜尋，範圍實在太廣。眼下要先下手為強，鎖定相關人員，持續監視和跟蹤，一步步靠近真相，這是合理的做法。如果這件事與他有關的話，應該監視的對象有宇太、知花、又吉世喜這些人。

知花最近加入特飲街的工會，在全軍勞的罷工活動中提出撤除解雇的要求，似乎很忙。那宇太呢？自從發生小清的事情後，他一直處在激烈的情感起伏中，像鐘擺一樣，在「躁」和「鬱」之間來回擺盪，最近情緒低落，幾乎都關在育幼院裡沒出門。

說到又吉世喜，雖然將敵對的普天間派逼至解散，但因為現在已決定回歸日本，將面對全新來到島上的日本暴力集團在他的地盤上撒野，現在似乎已無暇和胡差派對立。

與島上的流氓屬性截然不同的黑道人物。組成人數也比他們多出一個位數，而且有多個組織加入攪局，在胡差和那霸高掛沖繩分部的招牌。面對前來分食沖繩這塊大餅的各種日本勢力，為了加以迎擊，又吉出面帶頭，看來會將多年來的火併一筆勾銷，共組一個聯合組織。

「拜歸還日本之賜，我們也面臨了重要關頭。要是島上的人繼續互鬥，將會全盤都被日本那班人奪走。我們真正的敵人，正不斷從島外登陸。」

在那霸事務所與御城見面的又吉，真誠無偽地說出真心話。如果沖繩的流氓真能大團結，將組成一個成員多達千人以上的大組織。因為連續的離散和對立，而不斷為島上帶來動亂的全面火併的結果，是再次高喊「相識即是兄弟」的口號，這讓人深深覺得這個男人果然不是普通人。

「嗯，真正的敵人是吧……」

這句話給了御城一個想法。

我現在在追查的那些傢伙，並不是想讓島民互鬥。

御城猜想，透過煽動，他們看準的是島上的團結。

若真是如此，又為什麼要暗中活躍呢？是為了要瞞過其他勢力和對立組織吧？暗中行動，是為了躲過別人的監視，避開追蹤，貯備「力量」吧？那麼，他們的對立組織又是誰呢？琉球警察。憲兵隊。或者是在島上的地下潮流中蠢蠢欲動的那班人嗎？

在同一個月裡，遍及全島的最大規模罷工就此展開。

在美國的基地和設施工作的島民，全集結在全軍勞旗下。每個人都放下職務，集結在所有出入口、設施、官廳前。

之前全軍勞是秉持「反回歸」的立場，與回歸協會和教職員會水火不容。但現在回歸日本已成定案，眾人皆一同面對反美、反日本的情勢，全軍勞的訴求集中在勞動條件的改善上，彼此都有支援人員互相往來。

「你不是也很喜歡示威活動嗎。既然想和美國人對抗，像這種時候就該跟我一起去。」

「今天是我的休息日……」

「你要是陪我去的話，我就不再嘮叨。」

既然他都會在危險的地方出入，那還不如將他擺在看得到的地方。讓他體驗有史以來最大的民族抗爭，同時也是階級抗爭的市民運動，期待能為宇太帶來正面的影響。此外她也帶著十多歲的育幼院青少年同行，前往嘉手納基地的第二出入口前。

山子，在這邊。有妳加入，就等同多了上白人助陣！她在全軍勞的胡差分部與熟識相約，加入幫忙煮飯的行列。為了多達數百人的罷工人員，要捏出像砲彈般大的飯糰，攪動豬雜湯，四處朝保溫瓶裡倒入熱茶，為了因應寒冷的夜晚，要準備好篝火。在這一帶閒逛的宇太，見眾人不斷齊聲喊口號，似乎也因現場的熱氣而感到震撼。

「你跟我來，我讓你見識一下前線。」

山子讓宇太他們也戴上安全帽，走進出入口前的群眾當中。

美軍對罷工也展現出全面對決的態勢。

直升機飛向頭頂，出入口前架設了環狀鐵絲，手持M1步槍，上頭插著刺刀的美國大兵排成一列。糾察隊一面要抗議民眾和看熱鬧的群眾排好隊伍，一面展開監視，看有沒有放棄抗爭，改為選擇生活而走進基地內的「破壞罷工者」。

之前讓他們做牛做馬，可一旦決定回歸日本後，就要他們捲鋪蓋走路嗎！

沒錯，沒錯，可惡的獵頭族！

把我們的工作還來，這種野蠻的裁員違反民主主義！

已遭解雇者，以及快要被解雇者，都大聲抗議。不斷產生回音的吶喊聲化為強風，化為地鳴，湧向基地（確實值得以驚嘆和讚賞來描述沖繩的狂野。我們能以史實傳承者的身分替它打包票。整座島都被喚醒，像慶典般的激昂情緒、高漲的精力、置身其中享用飯糰和豬雜湯所感受到的美味，都讓人忍不住叫好，大喊一聲——太棒了！）。

打倒美國人，打倒他們！有人用擴音器罵道。儘管長期待在島上，但沒學當地語言的美國大兵，聽不懂「打倒」的意思。因此，雖然此舉不構成挑釁，但是卻發揮了激起宇太情緒的效果。他咬牙切齒，像野狗般瞪視著美國大兵的凶狠模樣，與零如出一轍。

另一方面，反對罷工的人馬也開始聚集。流氓聚集了A Sign店的女服務生和老闆、咖啡廳和禮品店的員工。因為美軍還有「外出禁令」這項絕招，遭受最大衝擊的就屬這群人了。反對派的人馬撕破橫布條，防礙車輛和人員進出，不斷與全軍勞起衝突。

這時，宇太突然撿起石頭，高高舉起，朝基地前方的隊伍擲去。

難道是看到地方上的流氓，令他熱血沸騰嗎？

他丟出的石頭，砸中一名美國大兵的下巴。

「呀荷！」

砸中了、砸中了——宇太朗聲歡呼。

前線一陣譁然。見美國大兵高舉起刺刀，糾察隊大感不悅，發出怒吼和咒罵，準備連同混亂的人群朝出入口挺進。山子也受到推擠，被人撞倒，連要站好都有困難。

美國人也火了。他們揚起下巴，橫眉豎目，一面飆髒話，一面往前刺出刺刀。如果這樣還無法鎮壓島民，M1步槍很可能會開火。倘若有人死傷，以不引發流血衝突為最大前提的這場罷工將失去意義！山子一把抓住宇太後頸，將他拉到隊伍後面。

「你在歡呼什麼啊，瞧你幹的好事！」山子狠狠瞪視著他。

「那顆石頭太小了。」宇太毫無歉疚之色。

「你看，這下情況難以收拾了。」

「不就是為了戰鬥才來這裡嗎。」

「不出手，單純只有對峙，這才是抗爭。」

「那多無聊啊，又不是在玩瞪眼大賽。」

「要是有人中彈，你知道會怎樣嗎？大家將會失控，全部衝進出入口。到時候美軍也會排除入侵者，演變成真正的戰爭啊。」

「所以我才說啊，這裡的每個人看起來都很想發動戰爭。」

「沒人想挨子彈。不白白犧牲生命，展開抗爭，這才是重點。」

說到這裡，山子重重地呼出一口熱氣。想起當初奔過這座基地的戰果撈客，她眉間的經脈跳動起來，隱隱發疼。

「你也知道戰果撈客對吧。以前有位英雄，儘管餓著肚子，連個像樣的家也沒有，但為了搶奪活命的糧食，他不惜潛入基地，就算遭美軍追捕，他也都能成功逃離。『死了也無所謂』，會說這種話的人不是男子漢。暗中燃燒著鬥志，探尋生存之道，這才是真正的男人。」

原本情緒高昂的宇太，臉上表情略感困惑，浮現不可思議的暗影。

他那善感的靈魂，因山子這番話而顫抖。那是與罷工的喧鬧隔絕的空間裡，所浮現的一張孤單的面容。

「妳說的是阿恩對吧。」

宇太提到的這個名字，令山子一陣心痛。

「果然沒錯。山子老師妳也還沒忘了他嘛。」

「沒錯，他不會引發這種愚蠢的騷動。」

「雖然我不太清楚是怎麼回事，但從以前就一直是這樣。御城和零每次一有事發生，就會談到那個人。老師妳也是，其實妳明明就忘不了他。」

「他總是說『逃走的人還能再戰』。總之，他不會毫無意義的大鬧。我不是要你這麼做，才帶你來這裡。」

「既然妳那麼思念阿恩，你們大可三個人常聚在一起聊啊。辦一場阿恩追思會，兩個月聚會一次，不是很好嗎。」

「又在開玩笑了。你這方面實在跟城哥一個樣！」

「因為我是你們養大的啊。」

宇太這意外的話語，令山子心頭一震。就像他那十七歲的身軀迎面撞來一般，一時間令山子無語。

「像這種時候會變得狂熱，也都是老師妳的關係啊。」

「既然你這麼說，宇太，那你就坦白說來聽吧。」

「說來聽？我不是正在說嗎。」

「有我不知道的事對吧？」

宇太的眉毛和睫毛顫動。他把臉轉向一旁，緊緊咬牙。

那個洞窟是怎麼回事？你和誰勾結，在做些什麼？

有許多事想問，但她在等宇太自己開口說。她將視線移回前方，等候宇太坦白說出潛藏心中的真正想法。

「我還有你們三人，老師、御城、零……」

「宇太，說說你的事吧。」

「我……」

當初在小巷弄裡第一次邂逅時的榛色眼瞳，此時正緊盯著山子。不過，他的聲音並不像他的雙眸那般有活力。宇太接著戰戰兢兢說出的話，瞬間就被宛如強風般的喧鬧聲蓋過。

從出入口的前線傳出一聲慘叫。島民一陣譁然。似乎是糾察隊員一時衝勢過猛，越過出入口的界線，遭刺刀直接砍傷。島民激情忘我。虛假的現實被撕裂，眾人不顧後果地撲向美軍。

山子妳在嗎？拜託妳來處理一下！在全軍勞職員的叫喚下，有人將擴音器塞到她手上。大家看重她的英語能力，請她幫忙安撫在群眾動亂的煽動下，正準備跨越界線的美軍。

大家都說，山子平時身高就已經夠高了，站上講臺後，更是氣勢十足。被眾人拱出的山子，從高處俯視群眾，先用英語致詞，接著用島上的方言。最先丟石頭的人，我方會加以處罰。糾察隊的警戒線也會退到指定的距離，所以請息怒。美軍聽了之後，提出要丟石頭的人全部出來道歉的要求，山子回答說，如果你們都放下刺刀的話。

「只要你們手上沒拿殺人武器，要我們怎麼低頭道歉都行。」

這番話引來島民鼓掌叫好。還有人喝采說，這位小姐說得沒錯，妳是我們這座島的良心。好不容易安撫好雙方，走下講臺，山子四處找尋宇太身影時，一名年約四十，渾身毛茸茸的男子向山子搭話道：

「哎呀，妳說得真好，佩服。剛才我聽到妳和同行的那名男孩的談話，妳該不會認識當初攻進基地裡的那群男人吧？我以前在這裡的店家工作過。」

「咦，你是指戰果撈客嗎？」

「他們是大家討論的話題。當時我正好剛開始在基地裡工作。雇員也常聊到他們。」

這名主動搭話的男子上個月才剛接獲解雇通知，姓山鄉。他對地上方口耳相傳的嘉手納基地搶劫事件，以及留下獨特逸聞的戰果撈客，似乎有不同的想法。山子也覺得很高興，便和他聊了起來。當她說出自己當時也在鐵絲網外等他們回來時，山鄉紅著臉，要求和她握手，就像遇見自己崇拜的搖滾樂團一樣。

「既然這樣，不知道妳是否聽過基地那座御嶽的事？那幾位戰果撈客那天好像也路過那裡。」

咦？大感驚訝的山子，暗自吞了口唾沫。

宇太靠了過來，在一旁插話道：「……你們在聊什麼啊？」

山子全身顫抖。她感覺全身運行的血液溫度攀升。

「我知道，是紫女士的御嶽對吧。」

「噢，妳連名稱都知道啊。」

「到底在聊什麼啊？」

山子大致告訴宇太，這座基地裡有一處島上的膜拜所。在全軍勞的罷工場合中，沒想到竟然會遇見島民和她聊基地裡的那座御嶽。這意想不到的奇緣，令山子的心跳又快又急，久久無法平復。山鄉壓低聲音說道：

「在基地裡，有個人負責管理那座御嶽喔。」

「嗯，聽說很久以前就過世了。」

「我們和那個人很熟，她過世後，我們幾個人分工繼續管理，沒讓軍方發現。」

「真的嗎？叔叔你接替了那項工作？」

基地裡的御嶽暗中保存了下來。但這也即將因為相關的軍方雇員全部被解雇，而無法延續。山鄉先生似乎打算向世人宣布「紫女士的御嶽」一事，但有位與前任管理人交誼深厚，可說是實質接班人的女性，堅決不肯這麼做。她說，御嶽不該吸引眾人的注目，它該消失時，就讓它悄悄消失吧。

男子對山子說，我看妳很會說服人，可以請妳跟對方談談嗎？那名女性姓島袋，是胡差外郊的一戶農家，與只是幫忙管理的他相比，島袋女士應該更清楚「紫御獄」才對。山子承諾近日會前去拜訪，當務之急是先讓宇太冷靜，所以她帶著宇太離開第二出入口前。

前線的事，似乎對宇太帶來過度的刺激。全軍勞的胡差事務所，應該還有煮飯或打雜之類的事需要幫忙。山子決定繞到那兒去，繼續談剛才的話題，正準備請載送罷工人員的卡車順道載他們一程時……

「要換場地的話，我送你們一程。」

一輛停在路肩的黃色車牌轎車，傳出這聲叫喚。從車窗裡探出頭來的，是曾經和御城一起共事過的日本人。此人姓小松，與宇太也有交情。

車子後座坐著一名帥氣的美國人，一頭金髮剪成俐落的短髮。此人沒穿軍服，穿的是西裝，似乎是軍方司令部的職員。不知道這名男子打什麼主意，竟然要山子他們坐上黃色車牌的公務車。

「我一直想找機會和妳聊聊。」

那位美國人面露和善的笑容，向她搭話道。

站在參加罷工的立場，實在不方便坐美國人的車。山子一再謝絕，但對方一直很堅持，所以最後決定一起走到胡差的事務所。宇太在後方與他們隔了幾公尺遠，嘴裡一直嘀咕。一直都很討厭美國人的宇太，見山子用英語和對方交談，覺得很不是滋味。

「我以前常這樣和他邊走邊聊。」

歐文．馬歇爾似乎是美國民政府裡的高官。胡差的刑警為什麼會和政府的職員有往來呢？

「妳的英語講得很標準，是在哪兒學的？」

「謝謝誇獎，因為我以前在A Sign店工作。」

「聽說她幾乎都是靠自學呢。」同行的小松在一旁插話。

「聽說妳和御城很熟。」歐文想聊關於御城的事。

「是啊，因為我們從小一起長大。」

「聽說你們也曾討論過同住的事。恕我冒昧問一句，你們現在已經沒往來了嗎？妳知道他現在人在哪兒嗎？」

雖然臉上仍掛著親切的笑容，但提問的話語卻有如訊問般犀利。也許御城早料到政府的使者會像這樣來找山子，所以才不告訴他自己目前的住處。先前像跑路似地突然搬家，也是因為跟政府有關嗎？

「他和我以前展開過共同搜查。但後來理念不合，我聯絡不上握有重要情報的御城。」

聽歐文．馬歇爾說，御城手中握有威脅到沖繩安全的犯罪集團相關的祕密。御城有義務證明自己不是那個集團的一分子，並將他所知道的情報全部告訴政府機關。如果沒能做到這點，將會被問罪，所以在起訴他之前，想趕緊和他談談。

「我在想，他以前曾經是戰果撈客。」

歐文．馬歇爾以不太流利的發音，說出這個島上特有的稱呼。

「他當時的同伴當中，有個叫零的男人，或者是此人的哥哥。」

「哎呀，你什麼都知道嘛。」

「御城之所以和那個集團有瓜葛，就是因為對方是他當戰果撈客時的伙伴。他之所以跑去躲藏，也是為了保護那個人。他是個走自己的道路，肯為朋友獻身的男人。比起和我們的關係、琉球警察的刑警職務，他寧願選擇與朋友的情誼。」

「我不認為城哥會捲入那麼離譜的事情中。」

「就算只有一些瑣事也好，妳是否知道些什麼？」

「因為我們很久沒聯絡了。」

「可以由妳請他主動和我聯絡嗎？我明白妳很珍惜這份故鄉的情誼，但我們必須站在更高的角度來看事情。我希望妳能轉告他，我們還有討論的餘地。我似乎未能獲得他的信賴，雖然我和他之間的交情也不是短短這一、兩天的事而已，不過……」

我想對他說一句——歐文．馬歇爾加重語氣說道：

「我們不也是『朋友』嗎？」

感覺隱隱可以聽出歐文．馬歇爾的真心話。他那帶有官員風格，重視理性的口吻中，隱約透露出一絲情感。這跨越國界構築出的朋友關係，在遭到離棄後，他將懊悔和緬懷的執拗，轉化為對追查行蹤的一份執著。從他那美國人作風的執著個性背後，感覺出一絲落寞。

「你喜歡城哥……不，喜歡御城是嗎？」

山子說出心中的感覺後，歐文．馬歇爾回了一句：「我不曾用喜歡討厭的層面來思考過這件事。」靦腆地仰望天空。

「……這個嘛，我還滿喜歡他的。」

他蹙著眉頭說道。山子心想，他是個表裡如一的人。

不過——歐文補上一句。如果他與危險分子互通的話，就算他是我朋友，我要逮捕他的態度一樣不會改變，歐文以堅毅的神情說道。

「你的話我大致明白了。」山子也頷首應道。「我也會試著找他。如果聯絡上他，我會請他和你談談。」

「謝謝，妳肯這麼做，算是幫了我一個大忙。」

「因為我也不希望城哥被逮捕。」

「剛才妳在出入口前的演說，講得很好。祝妳在罷工中有好表現。」

「你怎麼了，宇太？」

這時小松突然出聲說道。山子轉頭一看，連她也大吃一驚。

不知何時，在後頭豎耳細聽的宇太，以宛如利刃出鞘般的銳利眼神瞪視著歐文．馬歇爾。

你不是聽不懂英語嗎，就算我想教你，你也都嫌麻煩。但可能是提到御城和零的名字，宇太嗅出不尋常的氣氛。他對這位美國官員顯露敵意，一副幾欲撲向前咬斷他喉嚨的凶惡神情。

「這男孩好像很討厭我呢。」

就連歐文・馬歇爾也擺出防備姿態。太沒禮貌了！山子一面訓斥，一面思索。該不會宇太對剛才提到的犯罪集團，以及零的事，都知道些什麼吧？還有那座洞窟。也許他本能嗅聞出歐文・馬歇爾是追兵，所以才會像在庭院看門的猛犬般齜牙裂嘴。

你那是什麼表情啊，山子心中的焦慮不斷膨脹。

因為宇太的眼神委實過於粗暴。

表情極度痛苦。

眼前的宇太，就像是要將無處宣洩的憎恨、離別的哀傷、不斷湧出的復仇願望，透過歐文・馬歇爾呈現在美國人面前。

十六　悄聲訴說真相的樹梢、夜裡的來訪者、英雄回歸

熱浪燻烤的胡差街頭，沒半個美軍。

空無一人。

機場大街、中央通、美里、八重島，同樣空蕩蕩。

生活中少不了酒、女人、毒品的美國大兵，在胡差的特飲街裡看不見半個人影。

只有A Sign店的燈光照向昏暗的路面。Off Limits。在軍方司令部發布的外出禁令解除前，一直都是這種無人狀態。

從悄靜的巷弄暗處，湧出一群被忽視的人。

這群無法擺脫基地束縛的人，在地方流氓的號召下，握著木條、鐵鎚、威士忌酒瓶逐漸聚集。

第一批、第二批，接連上場的罷工，為地方上帶來了遺恨。在寒風冷雨下展開徹底抗爭，最後全軍勞與美軍締結了和平協定，但並未因此撤回解雇軍方雇員的命令，接著美軍展開禁止外出的制裁，深深折磨著特飲街的人，可說是前所未見。

你們為了讓自己有飯吃，就搶別人的飯碗是嗎！遭人上門鬥毆的全軍勞傳出的聲音，以及機場大街工會會員的叫喊，連圍在一旁看熱鬧的群眾也聽到了。在事務所前，全軍勞的年輕男子與特飲街的流氓和服務生互毆。打破的玻璃碎片從高處撒落。工會會長放聲大喊——有人連當天的飯錢都掙不到，再這樣下去，一家人都得走上絕路。你們魯莽的罷工行動，那完全不顧及旁人的行為，為地方上帶來多大的傷害，你們都不反省嗎！

三月、四月過去，琉球警察仍未解除加強戒備的態勢。沙塵漫天飛舞。島上各地相繼引發激烈的衝突和動亂。五月舉辦了一場要求撤除毒氣的示威活動，回歸協會主辦的動員大會，聚集了一萬人，但美國不惜修改法律，讓化學武器無法帶回國內，搞得「毒氣該如處理？」的這項議論紛爭不斷。

另一方面，說到日本，屋良主席之前要求美國支付的撤除費用，日本馬上宣布會代墊，似乎是打著如意算盤，想以此當賠償費。這麼一來，可見事前早已知情，此事毋庸置疑。真是夠了，這種戲碼早看膩了。美國和日本都一個德行。偽善、只求自保、滿口謊言、精打細算的事後處理，我們要一直這樣任憑擺布，被迫處在這種混亂狀態中嗎？沖繩人雖然引發這場憤怒的漩渦，但他們筋疲力竭，意志消沉，為悲嘆和死心而煩憂。沒人能接受的歸還政策，已無法喊停，勞工丟了工作，在街頭不知何去何從。若是就這樣迎接故鄉期盼已久的日子到來，等著我們的，將會是另一種面貌的野蠻和背叛。

這是再清楚不過的事了。就算歸還施政權，基地還是會留下。核武會留下。毒氣會留下。流氓和騙子仍舊為所欲為。

這座島又會被撒下災禍的種子。

偏偏在這種時候，宇太不在。

不論是到育幼院，去胡差還是那霸，都找不到他人。

怎麼偏偏在這時候不在呢。

全軍勞的罷工結束時，他離開育幼院，沒再回來了。

「那孩子還是第一次離家出走，得去找他才行……」

想得到的地方全找遍了。山子向警方報案協尋，回歸協會的工作也擺一旁，全力尋人。

她還跑了一趟宜野座。也許宇太跑到那些邪惡大人的藏身處投靠去了。

然而，偏偏就是這麼不湊巧。宜野座的森林裡正好在舉行大規模軍演，周邊都被封鎖，別說那處洞窟了，就連森林邊緣也無法靠近。怎麼能隨便封鎖呢！山子不管三七二十一，強行突破，結果馬上被演習中的美軍發現，像在抓俘虜一樣，從兩旁架住她腋下，從憲兵總部帶往琉球警察的偵訊室，不管在哪一邊，一樣都被五花大綁。

經釋放後，她馬上又走進森林，結果很快又被逮捕。儘管無法靠近洞窟，她還是一樣坐不住，邊等演習結束，邊往街上的混混或流氓的所在地跑，也和最近變得熟識的島袋女士討論宇太的事。

「……這樣啊，那確實教人擔心。」

山子還談到御城和零。島袋女士感覺是個有神祕面的人，看起來像島上一般的大嬸，有點怕生，說話時總是小小聲，像在打旗語似地揮動她纖細的手指。她與年邁的丈夫同住，光靠貧瘠的農地無法生活，所以她一直都在嘉手納基地裡工作。山子去了她家幾次後，兩人變得無話不談，有這位忘年的茶友來訪，她似乎也很開心。

「如果我像照喜民女士那樣也會占卜的話，就能幫妳找那孩子了。」

照喜民奶奶因感染肺炎辭世，她忌日那天，山子也和島袋女士一起。聽說島袋女士和街上的猶他頗有交誼。儘管她沒有靈力，但只要長期接觸神聖的御嶽，或許就會像在膜拜所跪拜的神職人員一樣，具備那樣的虔誠與深度。

知道基地裡有御嶽存在的人，就只有包括島袋女士和山鄉先生在內的一小部分雇員，以及少數幾名猶他。對美軍就不用說了，就算對島民也不能隨便說，這是他們共有的默契，知道祕密的同仁之間會採眼神示意。

「那裡從以前就是這樣的地方。」

雖然有人知道，但不會公開談論的一處場所。

在不為人知的情況下接受管理，在沉默中受人保護的場所。

也許御嶽原本就是這樣的地方。

打從島袋女士談到「紫御嶽」的時候起，山子便覺得她掌握了御嶽的本質。猶他、祝女、軍方雇員、島上的女人，就像悄悄接上樹枝，開枝散葉的親緣關係樹[6]，經過漫長的歲月，山子覺得自己終於來到悄聲說出真相的樹梢。

「島上的人感覺全都處在前所未有的怪異狀態下。像生氣，又像死心，分不清是哪一個，就像踩著虛浮的步履，在自己的故鄉裡迷了路……那孩子也一樣。」

「說得也是。這座島以後不知道會怎樣。」

「就算歸還日本，恐怕也不會好到哪兒去。」

「如果照喜民女士在的話，不知道會怎麼說。」

「演習時的宜野座也是同樣的情形，不過，我很想造訪紫女士的御嶽。」

「可是，它在基地裡面喔。」

「我總覺得它在呼喚我，正因為是現在這種情勢，我更想去一探究竟。」

「應該很困難吧，現在基地似乎不會再聘雇新的從業人員。」

6 phylogenetic tree，是一種呈現不同物種或是同物種不同族群的個體之間親緣關係的樹狀圖。

「我和那孩子差不多大時，在嘉手納撈客事件發生當天，他們要我在基地外面等。我不能進入鐵絲網裡。隔了幾年後，自從我聽說御嶽的事情，便一直覺得造訪那裡是很重要的事。」

「山子小姐，我明白了。」島袋女士低語道：「我也知道，妳或許應該對那裡有進一步的了解。」

兩人已認識好幾個月之久。島袋女士這天回望山子的雙眸，把她所知道的「紫御嶽」的一切，全說給山子聽。就像是花了很長的時間了解山子，想完成她肩負的使命般，解開那不為人知的故鄉祕密。

「因為正好是簽訂條約的那一年，所以已經是十八年前的事了。」

山子此時的心境就像在窺望裝有老酒的酒甕甕底，細細聆聽。

「正因為有基地在，才會有女人。」

和妳聊天，感覺就像在和別的女人說話一樣——島袋女士說。

「遭到傷害，因而下落不明的女人，不光只有一、兩個。我們只有主動靠近基地，才有辦法糊口。」

從深深的泉水底端湧出的東西。稍微處理不當，便會喪命的真相——這些碎片被一一汲取。就像一把掬起混雜在井水中的營養結晶一般。這時候，聽者是否具備當「容器」的特質和容量，也將受到測試。

從遙遠的過去吹來的風，在狂亂的巷弄裡哭泣。

傳來島上女人痛哭的聲音。

九月時，島上有一名婦女過世。

這消息也傳入御城耳中。在絲滿發生這起輾斃事件。

酒醉又抽大麻的美國人危險駕駛，輾斃島民，這已不是第一次。

他們又犯了！憲兵馬上趕往現場，那名害死人的美國大兵沒交給地方上的警察帶走。

對你們來說，島上的人就像貓狗是嗎！聚集在現場的地方民眾，代替琉球警察提出嚴正抗議。要是被憲兵帶走的話，光憑美國方面的判決，只會給予輕判。現場沒留下剎車痕。婦人被超速的車輛撞得不成人形。哪能讓他們就這樣蒙混過關啊，島民包圍拖吊車，事故發生後已過了一星期，仍極力不讓美國人把物證的車輛帶走。

回歸協會和各個工會也都一同向美國提出抗議聲明，要求軍方司令官謝罪、公開軍方審判、對死者家屬完全賠償。但美國人堅持不道歉。審判過程也都不公開。過了幾個星期，只同意賠償，但瑞慶覽營地的法庭竟然認定證據不足，對加害的美國大兵宣告無罪。

「哎呀，胎痕呢？扣押的車子呢？怎麼會做出無罪釋放這麼愚蠢的判決呢。」

這起一直關注的事件始末，令御城從報紙中抬起頭來，拉扯他亂翹的頭髮。自從拋開施政權後，美國人完全拋卻表面的顧慮，不再掩飾他們傲慢的本性。

我們會變成怎樣呢，能在這種毫無法治的島上生存嗎，到處都發出忿忿不平的怒吼。自從確定歸還日本後，反而更加肆虐的暴風木屑，確實也飛到御城的庭院裡。

因為一直紛亂未息，所以他的偵探社也開始有生意上門，儘管在這種亂世下發了點小財，有臉面對幸子，但他實在高興不起來。他常和德尚先生約在咖啡廳見面，縱觀當時發生的各種事件。島民間的紛爭、工會間的爭執、鬥毆、示威活動鬧場、毀損公物、竊盜、團體施暴、特飲街的自殺未遂，顯而易見的，各種案件就像剎不住一樣，在達成歸還日本的共識前便已頻頻發生。

「那件事好一陣子沒發生了呢。先前的『戰果』，好像有一陣子都沒發送了。之前發送的那班人，現在都銷聲匿跡，不知道在做些什麼。」

御城現在還是老樣子，明明沒人委託，卻自己投入某項調查中。在島上東奔西走，蒐集他想要的情報，一發現可疑的案件，就調查其背景，但他追查的對象始終沒讓他揪住狐狸尾巴。完全裸露在外的導火線，像蜘蛛網般遍布，這正是島上的現狀，找不到他想追查的對象，令他無比心焦。再這樣下去，只是白白浪費時間。御城非得想個法子才行。

「大叔，我信任你的能力，想拜託你一件事。」

「你又想幹傻事是吧。」

「不會給你添麻煩的，有件事我想試試。」

如果我追查的對象藏身在暗處的話……

那我就得主動撒餌才行。

在胡差郊外的巷弄裡，傳來冰冷的一聲「乓、瑯」。

軍方司令部的玻璃窗遭人丟石頭。外出禁令的解除因此延期了。

地方與基地之間的紛爭一直沒完沒了。

在那霸也發生開槍風波。流氓之間的火併應該已經結束了才對。

一位被革除軍港職務的父親，突然朝全軍勞的職員開槍。

善良的島民從哪裡得到這種東西……

輪轉式印刷機轉個不停。印出隔天早上報紙的標題。

御城有事前往報社拜訪時，得知這篇報導。

「要搬運毒氣是嗎？」

宣布此事的不是軍方司令部，而是美國國防部。這項搬移計畫名為Red Hat作戰，將以一千三百輛拖車從彈藥庫地區運往東岸的天願棧橋。要出動這麼多輛車才能搬運的化學武器，將從數千島民居住的市街中通過。載上船後，似乎會運往夏威夷西方一千四百公里遠的美國領土強斯頓環礁上。

那是標題為「美國的究極絕招」的一篇報導。多麼粗糙，多麼肆無忌憚啊。擅自帶來一千三百輛拖車才載得完的化學武器，撤除時，讓生活在運送路線上的島民暴露於危險中。而且還是運往離美國無比遙遠的孤島，那不就等同承認這是不能擺在自己國家的危險物品嗎！

這下可以確定，又會有示威活動、抗議、誓師大會反覆上演了。

每個人應該都很無力吧。應該會生氣、感嘆，覺得失去依靠吧。島上失控的情感滯留在腳邊，發出陣陣脈動。御城心想，可能已經來不及了。來不及什麼？一件他也不清楚是什麼的事，似乎已來不及阻止。也許在御城查明真相前，整座島就已經翻覆。

雲的形狀崩毀，才剛開始流動，便降下豆大的雨滴。

就連幾乎快要翻天的雨幕，也無法讓島民火熱的腦袋冷卻。

如果是之前，這些憤怒和沮喪明明都會隨著時間經過而揮發。即使夏去秋來，這異常的狂熱也沒散去。每個人都意志消沉，失去理性。

這天打從一早就浪潮洶湧。在恩納沙灘上，海鳥如同破碎的靈魂碎片般，隨海風飄飛。不見半個釣客的岸邊，腐朽的小艇沾滿海藻。彷彿才一眨眼，就從二十世紀中葉倒回一、兩百年前，來到那只有大海和甘蔗田的時代，眼前是無比靜謐的時間。月明如水，將沙灘染成一片藍白，宛如幽靈的膚色。

在寢室裡休息的御城，陡然睜眼。

他在打盹時聽到聲響。

那是踩踏門牆邊碎石子的聲響。

現在已晚上十一點多。沒人跟他約在這個時間見面。

御城暗自屏息，豎耳聆聽寂靜的另一頭發出的聲響。這名夜間的訪客確認過大門沒上鎖後，打開一道足以讓身體通過的小縫，走進已熄去燈泡的屋內。他一面確認走廊、土間[7]、廚房、客廳都沒人，一面躡手躡腳朝寢室靠近。

膽大包天的傢伙，想暗算我是吧。

御城全身只穿著一件滿是破洞的三角褲，爬出被窩。

他安靜無聲地從窗戶來到後院，沿著貫木屋牆壁繞到玄關來。

他取下門牆裡的一塊石頭，握住裡頭預藏的菜刀刀柄。

接著以襲擊入侵者背後的姿態，往玄關窺望。

那名穿黑衣的入侵者，已走過走廊深處。

就一個人嗎？不論屋內還是屋外，都沒感覺到其他人的氣息。

他朝肺裡深吸一口冷冽的空氣，躡腳走上玄關。

7　日式房門入門處沒鋪木板地的黃土地面。

別被發現，要出其不意，比對方先下手，因為撒餌的人是我。

他躡腳來到入侵者背後。

你好啊。就用刀子來問候吧。

御城從後方拿刀架向對方喉嚨，朝入侵者耳邊吹氣。

「沒想到你會來。」

大感意外的入侵者，喉嚨發出一聲驚呼。

咬餌上鉤的，是個意想不到的人。

「你好啊，御城。我是來迎接你的。」

「哦，連門鈴也不按，穿著鞋就走進別人屋裡嗎？」

「向來都是我來迎接你的，不是嗎？」

「今晚都接到枕邊來啦？你這位日本人也太親切了吧。」

不惜像強盜一樣使出非法入侵的手段，可見他們也被逼急了。御城早算準了，他撒下的餌，會自己主動上鉤的，如果不是他兒時玩伴的同夥，就是島上的祕密警察。

流言蜚語此起彼落。煞有其事的傳聞口耳相傳。御城向琉球警察以及新聞記者散播謠言，一傳十，十傳百，謠言自行繁衍，就連在這座基地島上蠢動的諜報員情報網也攔截到傳聞。

要小心御城，那傢伙已經受危險的思想毒害。

要小心御城，那傢伙當自己是英雄。

他藏身在恩納，在胡差的小巷弄裡也有他的地下基地。他集結島上所有的危險分子，打算趕在歸還日本前先顛覆這座島。

公開自己的藏身處和事務所，是個危險的賭注，但他猜對方一定會挑其中一處前來。自從歸還日本的事敲定後，島上便陷入混亂中。每個人的思考回路都異常狂熱。那些在暗地裡蠢動的傢伙，一定也會爬出巢穴。能拉出這些傢伙時，就得全力把他們拉出來才行。否則將永遠沒機會得知真相（換言之，御城也一樣被逼得無路可退）。

「你們認為我和那些危險分子有關聯對吧。認為我和流氓掛勾、四處探查毒氣的事、在基地裡布有眼線、盡做美國民政府討厭的事。是這樣對吧，小松先生。」

「歐文他什麼都不知道。是我自己決定要來這裡的。」

「是嗎，你可是道地的美國人隨從呢。」

「我是說真的，這種情況下我不會說謊。」

就算出現眼前的人是小松，也不足為奇。

因為顯而易見，他是披著口譯員面具的諜報員。

以前擔任特別命令搜查員的那些日子，他幾乎都和御城一起共享資源，他知道御城的想法，總是能比御城搶先一、兩步下手。

「老實說吧，你知道多少？」

「毒氣事件另有內幕。有小偷跑進彈藥庫對吧？」

「如果是這種程度，只要是諜報員都猜想得到吧。」

「Red Hat 作戰的宣布，事關重大，沒錯吧？」

「這是當然。」

「藉由宣布計畫，而命你們逮捕那來路不明的地下組織，以此作為最高命令。所以你才找上門來。」

御城故弄玄虛，向他套話。有一群人看出傳聞中的化學武器就存放在那座彈藥庫地區裡，密謀加以搶奪。這項不要命的計畫付諸執行，當時引發的騷動導致毒氣外洩。不知道是雙方開槍，打破了毒氣的容器，還是容器不小心掉落地上，總之，兔子因為這樣而瞪大了紅眼，衛兵被送往醫院。雖然最後阻擋了搶奪，但美國民政府至今仍未能將這個集團緝捕到案，他們將這個集團視為最大的威脅，持續追查他們的行蹤，不是嗎？

「我也有消息可以告訴你。你先把刀子放下吧。」

「那可不行。我信不過你。」

「喉嚨抵著這個東西，太危險了，我沒辦法說話啊。」

「你假扮成一個沒危險性的口譯員，之前說的來客夢機密文件，大概也全是騙人的吧。將我丟進港景俱樂部拷問房裡的人也是你。」

「御城，你對我有太多誤會了。」

「你假裝和我親近，想多方從我這裡打聽消息。」

「我們還有討論的餘地，請你相信我。」

「你做的事都這麼奸詐，叫我怎麼相信？」

「我是為了省事，才不得不採取這種手段。你最好還是跟我好好談談，只要你相信我，你的家人也會平安無事。」

「……家人？」

這時，屋外傳來停車的聲響。

一陣擠壓的剎車聲混在夜裡的浪潮聲中傳來。

一股陰寒順著御城的背脊往上竄。

他感到心神不寧……千萬不要。他催促小松來到屋外。

外頭停著一輛黃色車牌的高級車。坐在車上的不是美國人。

幸子坐在車內。啊，千萬不要、千萬不要。她嘴裡塞了布，手腕受縛。琉坐在她膝上。不，不要這樣！那名刻意打開後座車門，催促幸子下車，並要她小心別吵醒孩子的人，是讓抽菸呼出的煙霧融入夜氣中的男人。

「你真該得肺癌的。」

「安靜。之前他還大哭大鬧，好不容易才睡著的。」

這個男人還是一樣冰冷。

與岸丹尼的這場相遇，是他所能想像到最糟的情況。

他的頭髮布滿銀絲，兩頰也變得消瘦，但炯炯目光依舊沒變。

從他嘴脣和鼻孔逸出的白煙，被正在打呼的琉吸進肺中，也飄到了御城鼻端。對他們一家人來說，這二手菸等同毒氣一般。

被先下手為強是吧，又被日本人搶先一步了。看來，御城太小看這些活在諜報世界裡的人了。在決定誘敵上門時，他已先讓妻小以及丈母娘到國頭村的親戚家避難。不知道岸丹尼是如何查出，有辦法使用鳥居通訊站電波網的這個男人，不只針對御城，也對幸子以前的同事及親戚展開竊聽，以相當於大象柵欄般的操控力查出了他們的藏身之所。

他還沒做出拿菸頭抵向幸子和琉的這種暴行。不過，這名男子是個極度的虐待狂，是個以他人的慘叫聲當養分的瘋子。他很可能無預警地挖出人質的眼珠，御城不希望他有一分一秒的機會靠近自己的妻兒。

「你喜歡半裸著身子衝到大馬路上對吧。」岸丹尼嘲笑道：「不過，自從你成功阻止了那起高級專員暗殺事件後，我便對你讚譽有加，可是你最後變成這樣，真教人遺憾。好了，把那危險的東西放下吧。」

「你們果然是一掛的。」

御城拋下菜刀。小松什麼也沒說。幸子露出從未見過的神情。她因恐懼而微微顫抖，瞪視著御城，眼中帶著責備。

「接著打電話，把和你勾結的同黨全都找來。」

「那是我為了引誘躲藏的那班人上鉤，而四處散播的謠言。」

「你還知道毒氣外洩的事。原本你因為阻止了卡拉威暗殺事件而洗刷的汙名，這下子又因為這件事而重新背上了。你和那對兄弟聯手。和這個在暗殺未遂後，仍潛藏在地面下，不斷扶植勢力的『社會威脅』合作。」

因為回歸日本還有運送毒氣的日子就快到了——煙男說。我們得驅除所有危險分子。那像煙霧般的聲音。特高警察的餘黨。思想狩獵的第一人。一直絞盡腦汁，用檯面下的力量束縛這座島，一位美國人的瘋狂信徒。

「為什麼你們對島上的英雄這麼執著？」

御城回望妻子那因淚水而迷濛的雙眸，緊咬著顫抖的嘴唇。

「你和其他人不一樣的地方，在於有這方面的猜疑時，你就會把矛頭指向我的摯友。」

「真是服了你，又想跟我爭辯是嗎。」

「我也一直在想你的事。」

「可以就此打住嗎？我們在趕時間呢。」

「你開始在這座島上活動，是訂立條約的那一年對吧。這是這位日本人告訴我的。也就是我們搶劫嘉手納的那一年。」

「你可愛的妻子也覺得無聊喔。」

「打從你發誓向星條旗效忠的那一刻起，一直到這一刻，我的摯友一直是『美國最大的威脅』。你會如此執著，背後存有很大的緣由。該不會是因為你和那起嘉手納基地事件有關吧？」

「御城，夠了，沒時間多聊了。」

小松告誡他，但御城並未閉口。

「你也因為那起事件而展開行動。你沒能抓到他，這讓你留下了汙名對吧？」

「你別挑釁，他對女人小孩下手不會留情的。」

在出言警告前，岸丹尼已把手環向幸子。

兩眼望著御城的妻子，表情為之扭曲，發出含糊的呻吟聲。

視野差點因黏糊的暈眩而融化。御城之前唯一無法放下的東西，岸丹尼正準備加以蹂躪踐踏。幸子在餐桌或床上的聲音和表情，琉的雙眸，眼看他都要毫不講理地奪走。

「你們這些人總是這樣。」

暈眩一路從頭部來到膝蓋，御城幾欲癱坐在地上。所以他開口說話。藉由說話來吸一口故鄉的空氣，從島上人民培育的希望、不屈不撓的熱源，借助力量，讓他能繼續呼吸，勉強挺住。

「為了美國人，為了政府和基地，為了誇張的標語，隱瞞了非知道不可的事。信口胡謅、欺騙、背叛、在島民頭上締結的密約，這就是你們的王牌。一定就是這樣。我的摯友奪走美國人重要的東西。你奉上級的特別命令追查，但查不出結果。所以你懷恨在心。」

「御城，是你自己不懂。我們一直是為了島上的和平在滅火。」

「你們才不懂呢。你們用這種手段，拿重要的人物來當人質，將我們折磨得體無完膚，要我們屈從。自從你們在島上擴展勢力後，可曾回顧過島上的生活、這塊土地的祈願？和平？這種東西，打從戰爭結束後我就從沒看過。」

「要是放著你不管，你可能會一直演說下去對吧。」岸丹尼嘲笑道，手仍緊緊勒住幸子的脖子，沒有放手的意思。「你是不是心裡想，當你講這些話的時候，我不會要她的命。」

就算被他看穿，也一樣無路可退了。「不光是我，這座島已經失控了，你們在提防的那群人，也正在煽動叛亂。」

「你說煽動大眾叛亂？沒用的，這座島不會發生真正的民族鬥爭。靠示威和罷工胡亂吵鬧一通，和憲兵互瞪，這已是你們的極限。」

「這可難說喔。雖然我原本也是因為個人的因素而追查他們，但對上你們之後，我現在反倒很想站在危險分子那邊。」

「因為你的摯友就在那邊對吧。」

「或許吧，不管是以前還是現在，能拯救故鄉的一樣都是戰果撈客。」

「我實在很討戰果撈客這個稱呼。聽起來很低俗。」

戰．果．撈．客。岸丹尼重複說了一遍，字句中滿含鄙夷，並鼓足了勁勒住幸子喉嚨。幸子叫不出聲來，表情僵硬，血路受阻，皮膚表層透出血色，額頭和眼尾青筋浮凸。住手！御城不斷想要衝向前，無奈被人從背後架住。

「你就先聽我們的話，幫我們確認那班人的身分。」

「既然這樣，先放開我太太。」

「要是你肯乖乖配合的話。」

幸子被勒住脖子。一隻僵硬的手嵌進她的脖子裡。這個男人要勒死一名普通人，根本易如反掌。用來讓御城屈從的人質還有一個，就睡在車子後座——御城的世界開始扭曲變形。浪潮聲在他耳膜深處轉化為狂亂的不協調音。住手！他放聲大喊，跪向地面，雙手合掌。

我求求你，饒了我吧。我跪下來求你了。

他已無法抵抗，正準備屈服時。

一陣像暴風般剛硬的聲響，貫穿浸染在這片蒼藍之月下的風景。

開槍的人不是御城，也不是那名日本人。

岸丹尼一陣踉蹌，手按著側腹，在碎石地上跪了下來。

御城看準這瞬間的機會，腰一沉，將小松拋出去。像在剖椰子般，直接讓他頭頂撞向地面。御城急忙奔向逃離岸丹尼魔掌的幸子，為了讓她遠離這兩個日本人，他讓幸子繞到自己背後。

「他們兩人身上沒有手……手槍嗎？」

開槍的是本地人。他聽到御城的聲音後，推著輪椅趕來。手握軍用手槍的國吉，拿走日本人所帶的手槍。國吉自從被流氓刺傷引退後，便暗藏了一把黑市手槍，作為護身用。雖然逞強說自己常射空罐練習，所以對槍法頗有自信，但雙手卻抖個不停。不過，他躲在暗處觀察情況，救了御城一家人。

御城解開幸子雙手和嘴巴的束縛後，幸子馬上呼來一巴掌。啊，這麼一來肯定離婚了！御城眼前差點變得一片黑暗，但餘悸猶存的幸子卻對他說，你說得沒錯，我也很想看到真正的和平。她眼眶溼潤，對於剛才御城向日本人說的話表示贊同。

「你還在幹什麼，快點將這幾個壞蛋關進拘留所啊。」

真不簡單，不愧是曾經當過島上女警的人！國吉也大喊痛快。你們這些沖繩人……不斷咒罵的岸丹尼，躺臥在地上，腹部出血不止。而一頭撞向地面的小松，也因為對著槍口，顯得安分許多。

「你叫岸丹尼是吧，我記得你。」這時國吉開口道。「把我送進監獄的男人，就是這個名字。這個男人就是當時的……」

「你也和他有瓜葛嗎？乾脆直接將他放逐回日本吧。」

「嗯？不是他，逮捕我的是這個男人。」

國吉指的人不是煙男，而是小松。

「就是你，岸丹尼。」

被點名的小松，意識不清地搖著頭。

「確實也有人這樣叫過我。」

「你是岸丹尼？那麼煙男呢？」

「岸丹尼是奉高級專員的命令行動的日本人之間的暗語。」

確實如此。他們兩人都是岸丹尼。佯裝成和善鄰人的這個男人，還有沉浸在嗜虐的不良嗜好中的男人，都是岸丹尼。讓自己的存在意義與美國的利益同化，熱中於讓沖繩的現實狀況與日本愈離愈遠，保持隔岸觀火的狀態，像這樣的日本人，全都是「岸丹尼」。

「嗯，那班人……那班人不行……」小松意識不清，像在夢囈。「唉，真是的……你要是不拘泥於戰果撈客的情誼，我們明明可以保有不錯的關係。」

「那一年你也在島上嗎？追查過我的摯友嗎？」

「我們只在美國民政府的高層下達特別命令時才會行動。以思想警察、犯罪搜查機構的身分，揭發破壞日美同盟的人，掩滅醜聞。因為這麼做都是為了日本，為了這座島。」

「知道了啦，你們對此深信不疑對吧……你告訴我，你們一直都當我的摯友還活在島上。這份執著是從何而來？一位優秀的諜報員，不會單憑直覺或幻想而行動對吧？」

「當然是有根據的。別小看鳥居通訊站的監聽能力。這是我們對船上的通訊、偵察衛星的紀錄，一再展開分析所做出的判斷。在某個時期之前，你的摯友應該確實在島上。」

「什麼啊。這表示他從被人帶去的那座島上回來了嗎？」

「還有一件事……」

小松說到一半，突然展開行動。他掌底往上一抬，打向國吉握槍的手臂。接著順勢扭轉他手腕，撿起掉地的手槍，重新握好。他以野獸般迅捷的動作，一腳掃向御城，並將輪椅踢飛，拔出藏在右腳的小型手槍，兩把槍就這樣封住御城他們的行動。

「鳥居通訊站還有一個特殊指令的訓練場。」

自己也是岸丹尼之一的事洩露後，小松便不再掩飾真面目。

可能他也受過軍事訓練，剛才說那番話，是為了引誘御城他們鬆懈而信口胡謅嗎？

我是為了這座島……自言自語的小松，像在自嘲般搖了搖頭。

「你們兩個人來就行了，到瑞慶覽來一趟。」

你們兩個都上車──小松朝車子後座努了努下巴。

同一個夜裡，輪胎因緊急剎車而發出刺耳的聲響。

這位帶著濃濃酒氣的駕駛，並沒看到那位正準備過馬路的行人。

直到撞傷人後，他才踩剎車。胡差的馬路上發生傷亡事故。

想返回桑江營地的這名酒駕的美國大兵，因為一時嚇壞了，從車內反鎖。憲兵的吉普車馬上趕到現場。比起送被害人去醫院，憲兵向來都是按照一般步驟，以送加害人回基地為優先。許多雙眼睛目睹了這一幕。聚集在沿途的島民，都擁有幾欲燃燒的眼神。

這起事故也會重蹈覆轍嗎？跟九月時發生在絲滿的那起輾斃事件一樣？

喝酒後把島民撞飛，然後無罪釋放？

如果是這種法律，不要也罷。

同樣的夜晚，宇太不在。

他沒回位於首里的育幼院。胡差和那霸都沒看到他的身影。

山子不斷尋找。她想重新和他面對面好好談。

她打算隔天早上去洞窟一探究竟。在那之前，她先去了一趟美里。

她心想，宇太不會在這裡。因為這裡是小清生前最後待過的地方——話雖如此，從宇太還是孤兒的時候起，就和這裡有很深的淵源，所以一定可以得到什麼線索。山子從她遇到的女服生那裡得知消息，一路找尋，最後鑽進位於巷弄深處的一家 A Sign 店的暖簾。

對方沒對她喊「歡迎光臨」。

集中的照明，讓吧臺裡的女服務生處在光與暗的交界上。

像大部分特飲街的女人一樣，那扁桃形的雙眸帶有一股令人發寒的暗影。

那成熟的嘴唇看起來像是帶著微笑，但那也許是這個女人平時的標準表情。

雖然和當猶他的奶奶以及島袋女士的氣質不同，不過她所呈現的個人風格，就像是在守護一座小神殿的巫女一般。

「我就知道妳早晚會來。」

她是一直都和零同居的知花。與宇太也很熟。可能是因為她們認識同樣的男人，她回望山子的眼神，不光只是年紀相近的女人這麼單純。她就像在迎接宿命之人的到來般，心中的烈火搖曳。

店內牆上張貼著反對罷工和歸還日本的傳單。聽說擔任女服務生多年的知花，同時也擔任美里的工會代理會長。一位是反對基地的急先鋒，一位是對基地的延續相當執著的美里女人。就立場來看，兩人水火不容。

「我在想，如果是妳，應該這一切全瞧在眼裡。」

「哎呀，妳也太看得起我了。」

「也許妳知道那孩子人在哪裡。」

我不清楚吔——知花搖著頭。山子看了她，直覺她在說謊。

在基地街生活的聲音和祈禱。這裡的女人。已故的少女……

山子有滿腔的感慨，但無法轉成言語，就只是一味的注視著知花。

宛如在掂量彼此靈魂般的沉默。知花瞇起眼睛，原本張開嘴巴想說，但最後還是作罷。

請告訴我。山子望著知花。知花回望山子。

坐在駕駛座上的小松閉口不語。煙男也沒說話。

停在軍用道路上的車子裡，盈滿灼熱的呼氣。

在這種有可能會缺氧的共乘狀態下，御城向兩位岸丹尼詢問：

「講到一半斷了可不行啊，回到剛才的話題吧。」

你們總是把矛頭指向我的摯友。而且還說在某個時期之前，我的摯友人在島上，有確切的證據。如果這不是你們信口胡謅，這就表示，那位接受島葬的英雄，臨終前有一段不為人知的經過，而且眾人在胡差所共有的記憶是錯的。

御城實在無法就這樣含糊帶過。他心裡產生一股預感，彷彿有什麼東西即將復活。本以為已消逝在過去的人物，最後彷彿又能再次伸手觸及，就是這樣一股隱隱潛藏心中的疼痛。所以你們快告訴我，好歹透露點什麼也好。不要什麼也不說。

如果是透過諜報技術掌握到的事實，你們說的某個時期是指什麼時候？

還是說，這位島上英雄的故事，還有另一種不同的說法？

對所有事件、所有謎團注入期待已久的光明，這才是真相是嗎？御城不顧一切往那厚實的黑幕縫隙裡鑽。但小松已不再表現出要告訴他事實的態度。

「是不是發生什麼事了？」

小松望著軍用道路前方，如此低語，以此代替回答。

載著御城他們的這輛車就此困在胡差的中心位置，動彈不得。

在帶他們前往軍方司令部的途中，車子有好一陣子無法前進。

現在已是凌晨一點多。儘管燈號轉為綠燈，一樣無法前進。就像頭困在瓶口裡一樣，軍用道路二十四號線的車流阻塞。喇叭聲和車尾燈相連不斷，有許多當地居民來到街上。胡屋十字路似乎也聚集了憲兵和警車。不耐煩的聲音在馬路上回響。爭先奔向十字路口的島民，眼中滿是異常的激動情緒。

「大概又是美國人撞傷了島民。」

國吉在一旁低語道。深夜的街頭一片譁然。像串珠般的車尾燈、尖銳刺耳的聲音，到處產生連鎖，形成漩渦，又與旁邊的漩渦相連，被衝向胡屋十字路的大浪所吞沒。

「照這個樣子來看，等到了瑞慶覽都過年了。」

御城催促要下車，但小松沒回答。坐在前座的煙男，轉過身來拿槍對準御城。他單手按住緊急處理過的腹部槍傷，雖然已氣息奄奄，但還是以充血的雙眼恫嚇道：「你少多嘴。」

「你們接下來會接受訊問。」煙男說：「先擔心你們自己吧。都這時候了，可別期待你們還逃得掉。」

煙男就像負傷的死神般，出言威嚇，但車子還是一動也不動。這兩個日本人已開始打算要把車子留在這兒，向憲兵總部討救兵。

街上路過的美國大兵嘲笑島民，引發了衝突。在對向車道上行進受阻的美軍車輛，撞上民間車輛，引發連續追撞車禍。這些傢伙也真是的，一再重蹈絲滿的事件，真不像話！傳來馬路上人們的聲音。果然沒錯，酒醉又抽大麻的美國大兵，再度開車撞傷行人了。

這下麻煩大了，國吉語帶顫抖。在美軍引發的事件中，最容易獲判無罪的，就屬車禍致死案件了。這是突發性的犯罪，所以軍方司令部的法庭會毫不猶豫地做出證據不足的裁決。就算沒這種情形，這裡也是個問題重重的市街，婦孺被強姦，丟棄在垃圾場、B52墜落、毒氣汙染空氣，不勝枚舉。

沒錯，這裡是胡差……

從基地不斷吹來的人禍，始終得不到公正的判決，當地居民早已快要突破忍耐極限。在街頭怒吼的人，期望的不是逮捕嫌犯，也不是判決。憲兵在喧鬧聲中東奔西跑。騎著摩托車在車縫間穿梭。島上的警察也騎著腳踏車，但怒不可抑的群眾只鎖定美國憲兵，朝他們丟石頭、辱罵，不顧後果的一擁而上。

這一輛也是黃牌車——傳來一個聲音。

車窗外的景色馬上被粗暴的島民的身軀所遮蔽。裡頭面沒有美國人，但有一個人手裡握著手槍。坐在軍方司令部公務車裡的人立刻成了仇敵，人們大聲叫喊，全聚了過來。黃牌車表示是美國人的手下。

「別過來，你們這些傢伙，離我的車遠一點。」

腹部中彈的煙男，已失去原本佯裝的平靜。

「你們這些沖繩人，快給我消失。你們當我是什麼人啊！」

煙男不聽御城他們的制止，打開車窗，揮舞著手槍，這樣反而更加激怒島民。情緒激動的民眾陸續湧來，撲向引擎蓋，一面怒吼，一面搖晃車身。這時，國吉開口道：「就趁現在。」

御城看準岸丹尼在處理麻煩時露出的破綻，解開車鎖，從後座衝出。救命，我被美國人的手下抓了！他用島上的方言窩囊地大喊，所幸免於遭受攻擊。別管我，你去吧——國吉的視線推了他一把，御城撥開了人群，奔向胡屋十字路。

眼前的市街就快要燒起來了。

在這棟鋼筋水泥建築的四樓，山子為之錯愕。

「這是怎麼回事……」

她剛抵達的這處場所，沒看到宇太的身影。

她從美里趕來時，這裡已空無一人。

難道宇太是從建築的窗戶看見眼前一覽無遺的光景，看見胡屋十字路再次發生的傷亡事故，因而和其他男人衝了出去？

故鄉胡差的瞭望景致，就像夜間因暴風雨而波濤洶湧的大海。似乎有人從加油站帶走燈油或汽油，揉成一團的報紙被點燃，朝車子縱火。趕到胡屋十字路的島民湫結在一起，你煽動我，我煽動你，像一隻巨大生物般覆滿整個街頭。要是沒引發這麼大的動亂，要是她再早點趕來的話，或許就能在這裡遇見宇太……

那孩子應該在胡屋的事務所裡吧。

如果是比互瞪不說話，多次站在罷工最前線的山子自然是技高一籌。

我實在不是妳的對手——知花嘆了口氣，把她所知道的全說了出來。不是在地方上的胡差派事務所，也不是在組織裡的團體。聽說搶在回歸前來到沖繩的日本暴力集團，到處掛出招牌，於是有個「新興」的集團佯裝成他們的其中一個，以此掩飾真正的身分，在這條街上設立據點。

在空無一人的屋內堆了許多木箱，裡頭還留著子彈和步槍的包裝。這些道具不是用來和地方上的黑道爭奪地盤。宇太常出入的這個地方，是戰果撈客組成的組織。

「在這種時候衝出去，是去火場打劫嗎？」

眼前的景象，只見憲兵不斷被投擲石頭和空瓶。

島民的聲音和腳步聲猶如地鳴，連建築的地基都為之震動。

從十字路傳來「砰」的一聲清響。是憲兵開槍嗎？

之後街頭接連響起數發槍響，就像午砲一般。

理應在這裡的宇太，還有另一個人——前往那場風波的漩渦中，是想做什麼呢？在看得到的景致前方，從胡屋十字路一路往北延伸的軍用道路前方，可以望見嘉手納基地的第二出入口燈光。

每個人都希望他們能付出代價。

我們沖繩人已經來到世界的終點。

映入御城眼中的，是這樣的景象。在胡差的中心發生的這場動亂，正不斷地加深它的震動（我們史實傳承者就在神明的面前斷言吧，這震源所在的十字路口，正是垂直方向的烏富津加久羅與水平方向的儀來河內的交會處。可說是這座島交織出的壯烈歷史，以及沖繩的敘事詩最後的歸結點）。

火速趕往現場的憲兵，充當加害者的盾牌，想離開街頭。但包圍的數百名群眾不許他們走。憲兵感受到有生命危險，開槍威嚇，使得群眾最後的理性潰堤。島民開始丟石頭，接連著放聲大吼，要對美國人還以顏色。混蛋憲兵射殺當地居民啊！誤報轉眼便傳開來。在一味的誇大和添油加醋下，不斷擴大。從胡屋十字路向外擴張的報復念頭，幾乎影響了在屋外的所有人，多達數千人的群眾，集體襲向美國人。人們將停在路旁的黃牌車推向馬路中央，眾人合力將車翻覆縱火。到處都冒出火舌和濃煙，黑夜底端開始染成紅蓮的鮮紅。憲兵難以抵擋，打算撤退，但化為暴徒的島民將他們追進巷弄，推倒在地，使勁踢他們的頭盔。打死他。打死他。傳來島民們合唱。打死他。像連聲祝禱般傳向四方。打死他、打死他。

我們再也無法忍受了。打死他，燒死他，一個都別放過。

這就是你們統治的結果。打死你們美國人，打到一個也不剩。

暴徒們轉為望向北方。

為了在這塊土地生存，就只是為了這個目的，工會代理會長向女人說道：

「我們也去，要召集所有美里的女人。」

就連在基地賺錢的特飲街這群人，也全體動員，參加這場夜間的暴動。

從巷弄深處、轉角處，女服務生和男服務生全都蜂湧而出。

有人伸手將一名被撞倒在路旁的殘障人士扶起。

「你不要緊吧？」男子說：「你身體這樣，最好還是找地方避難去吧。」

「你專程從那霸趕來……」那名倒地的島民也認得這名男子。

失去輪椅的國吉，他眼前這位出手幫他的人，是那霸的黑幫老大。

流氓頭子又吉世喜，來到這處暴動之地。

打死他——他扯開嗓門配合這陣喊聲的節奏。

胡差市街發生暴動、發生暴動。

接獲報告的琉球警察，展開第三號召集（島上所有警察全體動員）。

軍方司令部發布最大規模的Off Limits、Condition Green One。所有美國人全面禁止外出。嘉手納基地派出四百名配備M1步槍和卡賓槍的武裝士兵到基地周邊戍守，鎮壓暴徒。

也有不遵守上級發布的外出禁令，趕往現場查看的美國人。根據美方的觀察，這從頭到尾都是自然發生的事，但此人卻提出反對意見。

「派人保護我，這是恐怖分子的起義。」

歐文・馬歇爾從瑞慶覽趕往胡差。

望著燃燒的景致出神，彷彿這場烈焰也會往眼中延燒。

深夜的胡差，就像染上了野蠻的熱病。

儘管每個心跳都衝擊著胸口，但御城還是跑在機場大街上。

沒人在前面引導。也沒人特別發號施令。但群眾中卻產生一種奇妙的統御。朝憲兵丟石頭，放火燒黃牌車，同時在沒人命令的情況下，自行沿著機場大街北行。與趕來的武裝美軍抗爭，儘管遭到壓制，向後退卻，但第二批人馬馬上趁這中間的空檔穿過人群間的縫隙。拋擲用威士忌酒瓶、燈油、報紙做成的火焰瓶，揮動路上的看板，化為成千上百的人潮奔流，眼看有可能推倒基地的鐵絲網。

「你們瘋了嗎？要是越過那裡，會有什麼後果……你們應該知道吧！」

眼前一陣暈眩。因暴動而熱血激昂，電流直竄髮梢。

帶領暴動的人，越過禁忌的界線，他是想順便跳脫這個世界嗎？闖進基地會有什麼後果，在胡差，就連小孩子也知道。

「這個樣子簡直就像……」

御城一面跑向最前頭，一面自問自答。我是不想被這場起義拋在後頭，還是想阻止他們？我已不是警察，現在是以一名沖繩人的身分站在這裡，面對擺脫約束的島民，我並不想阻止他們前進。既然這樣，我為什麼要跑？在長達二十年的美國統治下，堪稱空前的這場暴動，異國統治最後的風景，我想親眼見識是嗎？在這塊生長的土地上燃起烈火，黝黑的亡靈暗影飛奔，過去與現在交融。甚至讓人想起所有財產和尊嚴，以及過往的日常生活，全被「鐵暴風」奪走的那個時代，那宛如黃泉般的情景，此刻出現眼前。

有個東西從胸中直往上衝。御城四周的風為之沸騰。

被命運壓垮、困惑、徬徨，無法壓抑的情緒就此解放的人，不斷向前奔去。

啊，對了，御城終於也明白了。

他明白眼前風景的含意。明白今晚那復活的東西究是什麼。

在那燃燒的景色中映照出的，是金黃色的臉孔。在這最終之夜疾馳的，是貨真價實的魯莽、野蠻，將美國人搞得團團轉的一群沖繩人。在這裡的每個人都是「戰果撈客」。戰果撈客的精神因暴動傳承下來，胡差的每個人都自主跑了起來，成為島上最棒的英雄，英雄復活。沒錯！他胸中的衝動高漲，濃濃的靈氣在他兩鬢跳動。他深切覺得，在所有的虛偽矯飾全被卸除的這個夜晚，多得數不清的戰果撈客化為激烈的奔流，正準備湧入世界的盡頭，湧入沖繩敘事詩的揭幕中。

暴徒推著起火燃燒的車子，想衝破出入口。

第二出入口兩側的鐵絲網上，也接連有好幾隻手腳掛在上頭。

也有從巷弄裡躍出，攀附在鐵絲網上，準備入侵嘉手納基地的人影。

在接連有人越界的情況下，御城確實看到了。

在他狂熱沸騰的視野中，那難得一見的英姿……

有數人聚在一起，一個人越過出入口右方的鐵絲網，接著又一個人越過。

在前面帶頭的，是從陰間回來的那個男人。

終於……終於找到你了，阿恩……

就像眼球被刺眼的強光貫穿般，感到一陣暈眩。

狂亂的血流聲，蘊含了無限的餘韻，產生回響。

啊，沒想到這一刻竟然會到來。跨越漫長的歲月，御城再度與摯友重逢。

等等我！御城也撥開喧鬧，緊追向前。等等我、等等我。那英勇的背影越過界線，消失在基地中。有一、二十名男子與其同行，每個人都全副武裝。御城也毫不猶豫地越過鐵絲網，跳進基地內。緊追那不管什麼時候都在前頭帶路，帶給御城他們繼續向前奔跑的燃料和力量的背影。賜予所有戰果撈客價值，化為宇宙的中心，打破群體的幻想，逐漸形成一個行動的個體，這樣的英姿經過一陣搖晃，又從短暫的幻影變回他現實中的姿態。御城就像要揮除那張在他視野中擺盪的面容般，放聲大喊。

「零，是你對吧！」

跑在前方的男子沒停步，就只是轉過頭來。

我竟然把零和阿恩搞混！雖然他遮住了面容，但肯定是他沒錯。

他帶領的可能是危險分子的組織，似乎不是一般的流氓。與零已有十年沒見面了，不知道他的容貌有無改變。這些朝四面八方散開的武裝集團成員，全都戴著橄欖綠的面具。與先前襲擊美軍以及那起暗殺未遂事件時截然不同。毛玻璃做成的護目鏡，往外突出的濾毒罐。他們配戴著先前當「戰果」發送給島上人民的防毒面具。

而且他們個個配戴M1步槍，穿著像雨衣般厚實的外衣，手上戴著手套，厚實的衣服外還斜掛著皮革製的子彈帶，袋子裡放著沉重的備用彈匣，背後背著軍用背包。這些可能全是從美國那裡搶來的戰果，就連美軍在演習時，也看不到這樣的重裝備。

「等等，零，等等我！」

以視線確認御城身分的零，並未因此停下腳步。

四處散開的這群人，朝基地裡的警衛室和美國人學校縱火。

零與這群危險的武裝集團聯手，不知道想做什麼，只見他朝基地深處奔去。御城和零都是人生中第二次跑在嘉手納基地內。但此刻與第一次的情形截然不同。當時御城沒追著任何人跑，零會逃跑也不是因為御城。

而最大的差異，就是今晚的零並非毫無路線地亂跑。他就像早已看出會有這場暴動般，以堅定的意志向前奔去。

以前那個像野狗般垂著長長舌頭的零，並不是跟在武裝集團的屁股後面。他向其他男人下達指示，舉止活像是位不落人後的傭兵統領。零一面跑，一面將步槍槍口朝向後方加以威嚇。但御城並未因此掉頭。都追到這兒了，絕不能夾著尾巴逃走。

他腦中浮現山子那宛如彌勒佛般的面容。

大家都是兒時玩伴，像兄弟姊妹一樣，不能互相爭鬥——她如此大喊。

我沒能代替他大哥——御城心想。

這傢伙一直都是自己一個人。

沒依靠任何人，沒隨波逐流，一直追逐他已故的大哥幻影。

他捨棄一切，隱藏行蹤，過著放浪的生活，而在最後的這個瞬間，他展現出最適合這世界盡頭的威風凜凜之姿，向前奔馳。

也不知是開始想搭理緊追不捨的御城，還是身上的重裝備太多，只見零放慢速度，半邊身子朝御城這邊傾斜。接著他單手握著步槍，敞開雙臂，就像在歡迎這期待已久的動亂之夜，以及懷念的老友。

「你就這麼想見我嗎，御城？」

從防毒面具底下傳來混濁不清的聲音。那是相隔許久的聲音、零睽違十年的聲音。別說戰果撈客了，根本是以名副其實的危險分子身分回歸的這個男人，隔著護目鏡，回以宛如灼熱利刃般的視線。

十七　沒處理好會有危險、回歸的條件、戰果撈客的墳場

越過數不清的夜晚，一再走過瘋狂的世界。

經歷過無數的戰場，終於等到這一晚的到來。

遠遠超乎預期的暴動發生了，零翻越基地的鐵絲網。這時御城緊追而來。這傢伙從以前就這樣，總在精采的時候厚著臉皮跑出來！當整個市街竄起火舌，零他們做好應戰準備時，他就這樣手無寸鐵地衝進基地裡，只能說他這個男人實在太樂天了。

「你是想趁暴動之便，襲擊美國人嗎？」御城喊道。

「就像你看到的。那你呢？想逮捕我嗎？」零也朗聲回應。

「瞧你這身打扮，到時候汗疹都能構成一幅世界地圖了，還不把面具拆下。聽不懂你在講些什麼。」

「我說，你在這裡很礙事，快閃一邊去吧。你沒辦法逮捕我的。」

「我已經沒當警察了。」

「如果你是流落街頭，那就和我一起去讓美國人大吃一驚吧。」

「不錯喔，兩個輕佻的男人一起殉情，我高興得都快漏尿了呢。」

「就算我邀你，你也不會來對吧。儘管被趕出狗屋，你的狗腿習性還是改不了。」

零心想，你在打什麼主意，我看得一清二楚。御城一邊說，一邊拉近兩人的距離。一如預期，零的同伴們四散各處，他身旁只剩兩個人。但如果赤手空拳想和裝備有M1步槍的人動手，肯定腦袋有問題。御城雖然個性輕浮又窩囊，但他也不時會毫不猶豫地做出以命相搏的行徑。打從當初兩人互相爭奪胡差英雄的「最佳搭檔」寶座時，他便一直都是如此。

既然這樣，那就得一槍收拾他。零舉起槍。他花了漫長的歲月展開的計畫，如果有人要來妨礙，不管是故鄉的哪個人物，都不能留情。

「好啦，我知道了，別用那東西對著我嘛。」

御城化去緊繃的神情，舉起雙手。

「我們都已經不是年輕小伙子了，我可不想都這把年紀了，還要幫你擦屁股。」

「那你就回去吧，你家人也在等你吧。」

「咦，你怎麼知道？」

「因為我一直都在胡差，自然會聽到傳聞。」

「你是從誰那裡聽來的？」

我不會上你當的。零向一名同伴下達指示。

他告訴御城，如果你不想和我一起奮戰，那你就向後轉，跑到基地外去。

要是你停下腳步，或是轉頭，你的腦袋就會開出一個透明窟窿。你的肚腸會像撒紙片一樣破裂四散。你心愛的老婆和孩子是沒辦法到基地裡替父親收屍的。OK？

御城表情一僵，點了點頭。零的同伴朝他走近，以槍口威脅他。瞧你那窩囊樣——零嗤之以鼻地說道。這傢伙從以前就很怕手槍，只要讓他看到死亡近在眼前，他就會滿腦子想著要逃跑。兩人已十年沒見了，是有點想和他多聊一會兒，但這也是沒辦法的事。

再見了，御城，預備，開始！

當他以步槍開了一槍時，原本向後轉的御城，又再度往後轉。

轉了一圈後，他撞向那名持槍的同伴。

那名同伴因為戴防毒面具的緣故，視野狹窄，御城已抱住他的下半身。

緊接著下個瞬間，那名同伴像稻草人般輕盈地騰空而起。

御城賞了他一記漂亮的過肩摔。

哎呀！零瞪大眼睛。你竟然有這招王牌？

他與御城之間激起視線的火花。

御城拿起搶下的步槍，一面開槍一面往前衝。

這傢伙竟然還開槍！在條件反射下，零也往斜上方開槍還擊。

御城馬上縮短距離，展開衝撞。這是這傢伙的常用招數嗎？可能是因為他常赤手空拳對付美國大兵以及暴力犯，這位兒時玩伴現在已變成一個就算被槍抵著也毫不畏懼的男人。零被他的氣勢震懾，跌坐地上。在倒地的同時，握緊手中的步槍。御城馬上從底下將槍身往上托。兩人扭打成一團。架住彼此的手臂，左翻右滾，搶著取得有利的姿勢。

由於裝備太過笨重，防毒面具的視野又過於狹窄，在這場扭打中相當不利。在這種紊亂的場面下，零的同伴也無法開槍助陣。零往前一踢，將御城踢開，接著雙手握槍，擺出射擊姿勢。這時他才猛然發現。他的背包落在頻頻後退的御城腳下。他帶在身上的裝備，一個特別重要的東西，在扭打的過程中掉落地面。

機靈的御城，馬上察覺零的視線。

他馬上伸手撿起背包。

同伴開槍。御城緊緊抱住背包。

「不能開槍！」

似乎因為零的這句話，御城察覺這是個重要的東西。

御城抱著背包，猛然往反方向跑。

「快點追這個小偷，把東西搶回來！」

竟然偷別人的東西，未免也太沒品了吧。

這次換零追御城了。零和同伴一起邁步向前衝。

御城機靈地背起了背包。拜此之賜，對方無法從後面開槍。

他不顧一切的逃命，似乎是打算擾亂零他們的行動。不惜這麼做，也要阻止他們的計畫嗎？還是想制止這群危險分子，沉浸在這樣的自我滿足中？老是擺出一副正義之士的模樣，真是個厚臉皮的傢伙。零氣得咬牙切齒。你是為了誰，基於怎樣的思想信念而行動！你就是這樣，所以才會是個擺脫不了奴性的笨蛋！

「看我宰了你，你這個小偷，把那東西還給我！」

零邊追邊喊，御城也吼了回去。

「你這個戰果撈客可真好意思說。你的步槍和防毒面具不也是搶來的嗎。」

「你什麼都不懂。從基地搶奪，這才叫戰果撈客，不是嗎。」

「要是沒有這個東西，你的計畫就泡湯了對吧？」

御城馬上察覺出此事。他已大致看穿這場襲擊的本質。

他推測這個搶來的東西，是零的「王牌」。然而，沒能看出裡頭重要的東西到底是什麼，便認定這會是個麻煩的阻礙，這點很像御城的作風。

「沒處理好會有危險。你沒看我們穿著這一身厚衣嗎？」

「大概是定時炸彈之類的吧。」

「那東西只有我們會用。我們多次到無人島上展開實驗。」
「多次把離島的珊瑚礁炸飛是嗎？我可是很愛護大自然的。」
「撒多少的量，會有多大效果，會有怎樣的程度無法清除汙染，這些都計算過了，只有我們才會使用。」
「……清除汙染？」
「你連防毒面具都沒戴呢。」
「啊，這是毒氣嗎？」
御城握住肩帶，準備將背包扔出。
別扔！別扔！零跟其他同伴都慌張叫喊起來。
最後御城勉強忍住，但他沒放開背包，也沒停下腳步。
「你少唬人，我差點就當真了……」
「千萬別丟，有可能會因為衝擊力道而打開蓋子。」
「意思是你們從彈藥庫搶來ＶＸ神經毒劑嗎？怎麼可能輕輕鬆鬆就這樣搬運。」
「當然能搬運啊，我不是正在搬運嗎。」
「彈藥庫那起事件，應該是沒犯案成功才對啊。」
「你查過那件事啊？那就好說了，雖然沒能搶走彈藥庫裡的毒氣，但當時我們擄走一名化學中隊的人。」

「擄走？美國人嗎？這種事有那麼容易……」

「綁架也算是黑道的拿手絕活。我們要他從頭開始調配合成。」

繼續我追你跑也沒意義。還是讓他知道事實比較快。

零要他看看裡頭的東西，以此挑釁，御城惴惴不安地朝移至單邊肩膀上的背包裡窺望。

喏，看到了嗎？比咖啡罐大，約三百公克裝的圓筒狀容器二十個。

要是受到衝擊，打翻蓋子，琥珀色的液體灑出來，那就麻煩了。沒戴防毒面具，也沒穿防護衣的你，會第一個完蛋。

「誰信啊，這一定也是在唬人。」

御城還是沒停步。抱著那東西持續跑在基地裡。

在重裝備的拖累下，有些同伴開始跟不上速度。零的奔跑速度也跟著變慢。

喧鬧聲在遠處響起。暴動的聲響一路傳到了這裡。他們彼此都跑得上氣不接下氣，不時停下腳步，互瞪一會兒後，又開始跑了起來。御城始終保持固定的距離，只要零開始跑，他就會跟著跑。如此一再反覆。

這個固執、愛管閒事的傢伙！枉費我還刻意在他面前亮牌，告訴他毒氣的事（在此複習一下知念教授教過的內容吧。與其他武器相比，ＶＸ神經毒劑的製造和運用都比較容易，所以人稱「窮人的核子彈」。複習完畢），他卻充耳不聞，儘管跑得氣喘吁吁，卻還是不肯停步。

「呼、呼、呼……那可是劇毒啊。」

「呼、呼、呼，你說的話誰信啊。」

「只要一小滴，你就會痙攣倒在地上，心肺馬上停止。」

「如果，如果這是毒氣，你打算拿它做什麼？」

「那還用說，當然是在基地裡放毒氣啊。」

「你要讓美國人嚐嚐和兔子一樣的痛苦嗎。」

「沒錯，就在這處司令部裡公開表演。」

公開表演？御城如此反問時，零馬上縮短彼此的距離。

御城又跑了起來。零在後頭追，御城在前面跑。

因為太過酷熱，零也將纏著毛巾戴在頭上的防毒面具摘下。

他們兩人都步履踉蹌。跑得上氣不接下氣，沒力氣持續跑下去。

他們重新體認到嘉手納基地的廣大。英語標幟、警告牌、縱橫交錯的車道、櫛比鱗次的建築群。

透過一份花了大筆美金才買到手的基地地圖，從司令部和作戰總部所在的主要設施，乃至於店家、軍官俱樂部、文化中心、電影院（與之前嘉手納撈客事件時相比，休閒設施明顯增加許多）的區塊位置關係，他都已大致記在腦中。不過，這座宛如都市般的巨大基地，實在一望無際。因為一直跟著御城東奔西竄的路線跑，使得他對現在的位置也搞迷糊了。

猛然回神，零發現已和同伴走散，與御城成了一對一。

可能是都派去鎮壓暴動了，目前還沒遇上衛兵。不過，被迫玩這場胡鬧的你追我跑，已過了二、三十分鐘。原本理應是大致朝設施縱火，將店家和軍營搗毀後，前往與同伴會合的地點，但再這樣下去，將只有零無法趕上。計畫的執行會變得困難重重。

「呼、呼、呼，你這個瘋子。竟然拿走毒氣。」御城雙手撐膝，如此說道。「罐子有封緊吧？」

「你終於肯信了。」對方明明已經停下，但零也已經跑不動了。

「四處發送戰果的，也是你們對吧。」

「嘿嘿，做得不錯吧？」

「當你在扮演英雄嗎？還是你當自己是革命家？」

「這場暴動，得一路走到目的地才行。」

「你一直躲在胡差，等候這一刻到來是嗎？」

「將被人奪走的東西奪回來，這是戰果撈客的做法。」

「你好像很生氣，是你的女人被美國大兵搶去嗎？」

「你應該知道的，我指的是島上的主權。」

花了好幾年的時間，這才等到這一夜。

也曾想過，離開沖繩後，可能再也不會回來。

不過零的流浪，始終都只是為了回歸故鄉所做的遊歷。

在那場暗殺計畫中被排除在外，是他流浪的開端。平良這個無情的傢伙！自己的存在價值遭到否定的零，變得自暴自棄，他躲避之後的大型搜查，搭偷渡船前往中國大陸。在各地聽聞「久部良」的傳聞。久部良不只從事武器和物資的買賣，也做人口買賣，男人賣作苦力，女人小孩賣人作妾。他在中國大陸的黑市停留的那段時間，拓展了與澳門及中國的走私商之間的人脈，得到了拜訪中南半島「栽培業者」的機會。在正展開越戰的中南半島上，越共的英姿令他深受感動。明明是個滿是貧農的國家，明明和沖繩沒什麼兩樣，卻展現出勇敢與美國人對抗的英雄姿態！他忍不住想起以前在故鄉度過的那些歲月，以及當時看到的風景——我到底想去哪裡，今後又該做什麼才好？度過那段糾葛、放蕩、混亂、迷惘的歲月後，零迎接他人生中不知道第幾次的「覺醒」。某天他做了一個懷念的夢，起來時發現枕頭是溼的（西貢的便宜旅館）。從那天起，他便抱著明確的願望，開始暗中活躍。在中國的黑市裡，只要有錢，什麼都買得到（手槍、武器、從產地直接運送的新鮮毒品、繫著鐵鍊的男女奴隸，應有盡有）。在那裡，他與越南的栽培業者簽訂契約，構築出一條跨海拓展到日本的毒品販售通路，賺入大筆資金，計畫要購買足以和美國抗衡的武器。他在一九六六年左右返回故鄉，也和日本生意往來。當時他面對的是在安保鬥爭下遭放逐的赤軍餘黨（你好！）、被逐出幫派的流氓（你好！）、待過外國人部隊的戰爭狂熱分子（你好！雖然出身和來歷不同，但都一樣沒有自己的歸屬之地，志趣相投）。他挑選這樣的人才納入自己的伙伴中，建立起他期盼已久的「戰果撈客」組織（祕密據點開設時沒設宴。因為現在和五〇年代不一樣，身為順應時勢的戰果撈客，必須謹慎地保持低調）。他們一面發送從基地和設施搶來的物資，一面為了適當的時機做準備，一再與中國的黑市談生意。但到了緊要關頭，卻因為信用問題而出狀況，購買武器和戰鬥機一事因而破局。這是個大麻煩。就連透過其他管道的進貨方式也得重新評估才行。這時零將目標鎖定彈藥庫地區。地方上傳聞，美國人將化學物質倒進海中，他猜出了是怎麼回事，經過一番認真調查後（他用鈔票收買墮落的美國大兵，在特飲街用大麻讓他們失去操守），掌握了確切證據。就來大幹一票吧！他們展開總動員，下手搶奪，但沒能搶到武器，取而代之的，是擄走「死神部隊」的化學兵。他將同伴持有的日本廢棄倉庫改建成實驗室，火速投入耐攜帶的容器和運用技術的開發中。

零也從中學到了不少。他翻閱許多資料和文獻。得到愈多知識，愈令他感到戰慄。他從中明白，自己手中握有的東西真正可怕之處，以及現在已是個人足以與國家發動戰爭的時代。比芥子毒氣和沙林毒氣慢上半個世紀才初試啼聲的ＶＸ神經毒劑，過去已製造出上千噸之多，至今仍舊大量製造。光是因實驗失誤而外洩的量，便足以葬送一整個都市。只有用顯微鏡才看得見的細小分子，會覆滿整個巷弄，化為火焰般的烈風，從口鼻和皮膚入侵人體，折磨染色體，讓骨頭支離破碎，血液因氧氣不足而填滿細胞膜。吸入的東西會以灼熱的痛楚貫穿腦門，引發呼吸困難和意識障礙，看見爆炸的群星。看見微生物的宇宙。看著人類不該看的世界，不懂自己為何會變成這樣，就此斷氣。如果能善加使用這種東西，不管是怎樣的地區型戰鬥都能獲勝。也能和大國展開交易。對零他們來說，這是開拓新天地的王牌。如果順利，甚至能在這塊土地上重現現世的儀來河內。

地面傳來聲響。持續震動著。

擠滿暴徒的遠處天空，燒成一片斑駁的橘色。

直升機飛向頭頂，探照燈四處迴旋。

某處傳來槍聲。同伴與美國人開戰了嗎？

是感覺出有入侵者混在這場暴動中嗎？要是再這樣磨蹭下去，美軍可能也會轉來對付他。與同伴會合的時間愈來愈接近了。已經沒時間繼續和御城展開這場沒完沒了的跑步比賽了。

「你要是沒攻打彈藥庫的話……」御城邊往前跑邊說道。「也就不會有毒氣外洩事件吧，如果沒發生那件事，島民也不會這麼生氣。」

「錯，這是早晚的結果。」零否定他的話。「不管怎樣，美國人都必須為自己的罪行做清算才行。」

「你以為撒了毒氣後，他們就會乖乖地說聲『請』，把主權歸還嗎？」

「喂，容器的蓋子打開了。」

「嚇！」

「嘿嘿，騙你的！瞧你嚇得都跳了起來，既然知道它這麼危險，就快放開它。」

御城一臉不甘心的神情，仍繼續跑著。零一面追，一面接著說。ＶＸ神經毒劑在世界上的第一個死傷者，將會是美國人。要是今晚的實際演出順利的話，就能提出聲明，與政府展開交涉，所以沒時間陪他玩了。

「我說，你該不會是想強行推動獨立吧。」

御城想知道零他們的目的。沖繩獨立論（我們史實傳承者當中，也有人很重視這個極端的言論。一直都不乏有識之士主張應與日本分道揚鑣。打從琉球處分那時候起，這座島就被征服、壓榨，淪為帝國主義的犧牲品。在詢問是否該回歸的此刻，更應該以完全獨立為目標）。雖然心裡有一部分贊同，覺得這項說法有理，但這也與零他們所描繪的未來藍圖不相容。

「那種東西只是一種空談。就算成了獨立的國家，也會馬上遭人侵攻，或是自取滅亡。」

「本以為你可能會很熱中呢，這麼說來，你是贊成回歸日本嘍？」

「回歸也無妨。反正基地也會留下來。所以我要和日本交涉。」

「哎呀，意思是要威脅日本嘍？」

「沒錯，要和那滿是騙子和懦夫的政府交涉。」

「的確，我所知道的日本人，也盡是一些麻煩的傢伙。」

「回歸日本要有條件。」

對你來說，也會是個好消息——零說。在今晚的實際演出中，會以美軍當人質。只要以VX神經毒劑的實際危害，以及預告會再度使用，讓只會對美國唯命是從的日本嚇破膽，並暗中和他們提出密約，他們就只能乖乖坐向談判桌上。接著向他們提出更合適的歸還條件，而不是像「去除核武、等同日本」這麼保守的口號。

「條件有二——一，將日本首都遷至胡差或那霸。二，等佐藤榮作下臺後，任命瀨長龜次郎或屋良主席這幾位島上的政治人物擔任內閣總理大臣。如果不接受這兩項條件，就拒絕歸還日本。」

御城聽得下巴都掉了，活像個傻子。難道他當這是被動亂的狂熱給沖昏頭的謬論嗎？不過，零卻堅稱這才是健全的要求。

「沒人說這種話。」御城低語。「革新派的政治人物和智者，都沒人提出這種要求。」

「所以才說每個人都改不了狗腿的個性。跳過我們直接達成的日美協議，要讓它作廢，這點一定要強迫他們接受才行。」

不是透過回歸而成為日本的邊陲之地。要取得國家首都的位子。從一九七二年的那一刻起，沖繩要成為國家的中心，島上的英雄要成為「最高行政主席」。如果不加上這個條件，心頭的遺恨難消。決定不再戰爭的日本，如果他們口中的和平是在美國的保護傘下才得以成立，那麼，我們當地幾乎承接了這座重要基地的一切，你不覺得應該由它來掌理國政嗎？說什麼它是位於地圖邊陲上的一個島，別被這種先入為主的觀念所束縛，因為這是日本人所描繪的地圖。

「與美國人簽訂的條約和協定該怎麼處理，遷都產生的問題，這些都以後再解決就行了。既然要保留基地，這就是回歸的最基本條件。」

「龜先生當首相是吧，不錯呢……」

「就算是新生代的政治人物也行。例如我們的兒時玩伴，等到她從教職員會出馬參選主席，然後當選……」

「哎呀，日後當女性總理是吧！你連這種事都想到啦，你不只已經能獨當一面，簡直就是一位如假包換的革命家嘛。」

你應該能明白我的想法——零正面回望這位兒時玩伴的雙眸。今晚的暴動，是基地島的民族抵抗運動。為了奪回能在這世界生存下去的場所，充分展現戰果撈客的精神。因此，不管是再怎麼有勇無謀的藍圖，再怎麼不切實際的究極理想，我們都得認真抓牢它。零相信這位和他認識同一位英雄的男人，一定能明白他的想法，因而抱持近乎祈禱的心，向他托出計畫的全貌。

兩人一路跑，一路相互叫罵，最後來到綠地旁的車道，御城就像已經筋疲力竭似的，一屁股坐向地面。你打算怎麼做？零瞪視著御城。你都聽我說這麼多了，最後是打算當我是反動分子，拒絕與我合作，還是改為選擇和我一起奮鬥？這也是測試你這個男人有無膽識的時刻。

「好，算我一份。」

御城就像自暴自棄般，從背包裡拿起一個容器。

不是叫你別隨便亂碰嗎！零一面保持防備，一面拉近距離。

盤腿坐在車道上的御城，已不想再跑。

「……我很想這麼說。你的計畫很棒。遷都的事姑且不談，如果政治能交由龜先生或是像他那樣的人來處理，我們的故鄉絕對不會變得更糟。你真的很厲害。老實說，我很敬佩。」

「既然這樣，那你就起來吧。和我一起來。」

「不過，就非得仰賴這種東西不可嗎？你打算今晚就算喪命也無所謂對吧。當你必須拚了命來散播毒氣時，這個計畫就已經失敗了，不是嗎？」

我說過，我有勝算。焦急的零舉著槍，快步奔向御城。我不會和他們同歸於盡的，所以你識相點快還給我！

「有很多話我得跟你說清楚。包括你大哥的事，還有山子的事。之前你查出你大哥的事，回到島上來時，山子的態度變得很奇怪。」

「哪裡奇怪，幹嘛突然談這件事。」

「……你對她做了什麼對吧？」

「哪有啊。」

御城早已察覺。他憑直覺猜出那天晚上發生了何事。

在那條巷弄裡發生的事，像一團濁沙般，淤積在零心底的情景……

也許這傢伙真是個能力過人的警察呢，零心想。還是說，這傢伙一直是真心喜歡她？在他面前掩飾心中的慌亂，或是表面上含混帶過，肯定行不通。

「她什麼也沒說。所以，為了讓你對自己的惡行贖罪，我得將你帶到她面前才行。我有理由痛罵你一頓。就算先前在監獄暴動以及進行暗殺計畫時一樣。」

有一股宛如插進胸中的痛楚。唯獨今晚，他不想陷入這種讓靈魂變得萎靡的感傷和糾葛中。

「少囉嗦，夠了，在我數到十之前，快把東西交出來。」

「每次你胡來，我都會想好好訓你一頓。」

「一……」

「因為我一直都覺得，我非得這麼做不可。」

「二……」

「這當中的原因，我是在逃離這裡後才想到。」

「三……四……你也該適可而止了，你打算一直講到什麼時候。」

「那天晚上，你大哥拜託我要照顧你。」

「五……」

「我一直都想成為阿恩。所以我也想當你的大哥。」

「六……你說誰是誰的大哥？」

如果你看準了我不會開槍，那你就是個腦袋裝豆腐渣，無可救藥的樂天派。最後還說起莫名其妙的話。你是我大哥？零被他那厚臉皮的說詞惹惱，將槍口抵向御城前方數公分的距離。

「就算不能讓美國人大吃一驚，不能改變政治，我還是想當個保護我周遭重要伙伴的英雄，不讓他們喪命。不過，也許就是因為我抱持這樣的希望，才無法留住你。」

「七……御城，你麻煩大了，已經數到七了。」

「我不是你大哥，我明明就只是你的伙伴。」

「你在說誰啊，你現在已不是我的伙伴了。」

「之所以不希望你死，是因為我已經失去伙伴了。英雄的接班人，大可由你來當。但我身為伙伴，要是接下來的十年都見不到你，那多無趣啊。所以只要我還活著，我就不讓你死。」

「八……九……九……」

「你不能死啊，零。」

「十。」

因為不想再繼續這種感傷的對話，他以M1步槍掃射。

你現在拿什麼臉跟我說你是我的伙伴。

之前我多麼希望你能和我一起奮戰……

子彈在御城蹲坐的地面上彈跳，零撲向躍起的御城。他一把握住背包的單邊拉繩，兩人正準備展開拔河時——耀眼的光線從頭上照下，兩人都籠罩在光圈中。

緊接著傳來要他們投降的叫喚。

可能是槍聲洩露了他們的所在地，一架直升機發現了他們。

零鼓足全力搶回背包，向前疾奔。御城也往相同的方向跑來。

儘管衝進一旁的綠地，探照燈還是緊追不捨。直升機逐漸下降。

御城的頭髮被吹得往上捲，零的臉頰呈波浪般起伏，四周的雜草被風壓掃平。

可以看見直升機的底部就在頭頂。幾欲震破耳膜的旋翼聲無比響亮。

都是你害的，御城！既然這樣，就不能再猶豫了。零重新戴好防毒面具，從背包裡取出他的壓箱王牌。

直升機停向沒有樹木的草地。一名身穿防彈背心的金髮白人，帶領著幾名武裝的美軍走下直升機。

「歐文，你怎麼會在這裡？」

御城脫口道。他是你的飼主嗎？這個名叫歐文的白人，用他自己國家的語言不知在大喊些什麼，

御城也用同樣的語言回答。哦，美國人的手下當久了，連英語都會說是吧。歐文顯得情緒激昂。一雙碧眼，充滿著一股異樣的執著。從他的神情看來，似乎將御城也看作是襲擊者的同黨。

「沒關係。你就用流利的英語快點告訴他吧。告訴他這罐子裡裝的是什麼，他應該知道ＶＸ神經毒劑的威力有多強才對。」

零光只是提到這個名稱，美軍臉上立即閃過慌亂之色。化學中隊的人從彈藥庫裡被擄走，有可能重新合成製造，他們也許已預見這個可能性。對美軍和政府來說，這應該是最糟的情節發展。

「你告訴他，想開槍的話儘管開。我會把罐子裡的東西全倒出來。要是士兵一同射擊，朝容器打出一個洞來，在外洩的毒氣殺傷力下，你們都會馬上斷氣。你還愣著幹什麼，快告訴他們啊！」

御城顫抖著說出此事後，美國人臉色大變。有人急忙戴上防毒面具，但面具不夠每個人配戴，而且他們都沒穿防護衣。我要用它來率先攻擊嗎？要讓這方圓數公里內全化為劇毒的領土嗎？當然了，在這種情況下，身旁這個沒穿防護衣也沒戴防毒面具的男人也會被捲入其中……

御城似乎在勸他們退下。但歐文搖了搖頭，不想命他帶來的美軍後退。呈扇形散開的美軍，所有槍口都對準了零。打算在我打開容器前，先一槍貫穿我腦袋是嗎？儘管試試啊。

御城大聲叫喊。遠方傳來暴動的叫喊聲。

美國人、沖繩人，在同樣的夜裡齊聚此地的每個人，他們的生命之火即將燃燒。枝葉因直吹而來的強風而彎撓，而在肉眼看不見的領域，也有微生物蠢蠢欲動。腳下綻放著紅色和紫色的九重葛。遠處有石頭堆疊。

這時，零突然閃過一個念頭。

這裡是哪裡？

對這片野外的綠地，他有種不可思議的熟悉感。

他一時鬆懈。這時傳來一聲槍響。

中槍了嗎？零平安無事。御城也沒中彈。

是誰開槍？從完全沒料到的方向傳來槍響。一名美軍的大腿血花四濺。從樹後傳來一個聲音。

「打中了，呀嗬！」

發出這聲瘋狂叫喊的人，之後旋即便明白是誰。躲在樹後蠢動的人影，裝備了防毒面具和步槍。

這些雖然是擺在胡屋祕密基地據點裡的東西，但趕來的這個人並非是襲擊執行部隊的一員。

你不能來，我不是告訴過你嗎……

躲在樹後的人是誰，御城似乎也已猜出。

「連宇太也被你捲進來了嗎？」

「那個笨蛋。我沒把他加進襲擊的人員當中。」

「但他還是來了啊。」

「宇太，你別過來。小鬼頭快退一邊去。」

嗬嗬嗬嗬——此時傳來像猴子興奮時發出的怪聲。而保持射擊姿勢的美軍，有一半像獵人似的，改為將槍口對準這名闖入者躲藏的樹後。

「喂！美國大兵，你們認識我媽嗎？認識小清嗎？」

宇太發出瘋狂的叫喊，顯然已失去理智。

「你不能走出來，不能從那裡走出來啊！」

「不是叫你留下來等我們嗎。怎麼自己跟來呢！」

零也跟在御城後面大叫。明明在祕密據點裡吩咐過他，要他留下來，把我們的事跡告訴後人啊。宇太卻追了過來。穿上同樣的裝備，隨後翻越基地的鐵絲網，成為戰果撈客的一員——如果是像無頭蒼蠅一樣亂撞，是到不了這裡的，他是怎麼來到這裡，完全沒迷路？難道是以直升機投射的光圈當路標？宇太就像帶來暴動之火般，他的狂熱明顯往美國人身上投射。

「大家都別開槍，別開槍！」

我知道這裡是哪裡了，這裡不是爭鬥的地方——御城也大聲喊著莫名其妙的話。每個人都因暴動的狂熱而情緒激動。眼神錯綜複雜，聲音交疊。彷彿這就要往前衝來的宇太、緊繃到極限的美國士兵、歐文，都用英語交談。這就是最終的光景嗎？眼看一切都即將破局時，每個人都像膽小的孩子般縮起身子。一股暈眩朝零襲來。空間的密度變得古怪，感覺有許多道目光投射而來，比現場的人數還多（好像島上的祖靈始終都在一旁觀看對吧，零？這一點都不奇怪，因為這裡就是這樣的地方）。

我有這個東西，你們全部退下！零順著激昂的情緒縱聲大喊。美國人和日本人在這座島上做了多少蠢事，這兩個國家奪走的故鄉寶藏是什麼！這是一場勝負，看看在歸還日本的那天到來前，在迎接新的時代到來前，能夠愛多少人。如果說有誰知道讓這世界延續至今的愛究竟是什麼，那一定就是我們。這裡是沖繩的土地，戰果撈客在這塊土地發送數不清的愛。所以就算我們全部死在這裡，戰果撈客還是會一再地復活。靈魂裡頭的英雄將會一再地轉世。美國人和日本人總有一天會明白。只有這座島上的人知道什麼是真正的英雄，懂得賜予愛。

在熱風吹拂的夜間基地，歐文和美軍的臉，所有外地人的氣息全都逐漸消失。沒錯，這裡只有我們。零馬上摘下自己的防毒面具，強行替御城戴上後，手指搭向容器的蓋子。

嘉手納基地的角落傳來槍響。

有人大喊。

我才是戰果撈客。

黎明的世界靜得出奇，沒有顏色。

前方可以望見在晨光照耀下清澈透明的大海。

在宛如燃燒的爐灶般照下的紅銅色光芒下，令他熾熱的雙眼溼潤。海上有好幾道宛如航行軌跡般的金色波紋向前延伸。

當你們互相爭鬥時，我已接觸了這座島上的祕密。

來到這裡，終於能掌握到我一直在查探的真相。

明明已經讓你們碰面，發現彼此想說的話。

但為什麼……

山子在鐵絲網邊迎接黎明時分從基地衝出的那些男人。

山子也急急忙忙跳上那輛駛離基地的吉普車。

離開滿是暴徒的胡差市街，踩下油門，穿過一條又一條的巷弄，在靠近東海岸的地方，已看不到追兵。就停這兒吧。同車的男子詢問，但沒人回答。是沒辦法回答。大型吉普車避開泡瀨海濱的主要港口，漫無目的行駛在海岸線上。

男子全都一臉茫然。

在宛如麻痺般的沉默底端，淤積著喪失之痛。

瘋狂的渴望殘渣，令貨架底端的木板都變得鬆軟。

山子很想拿大掃把將這些全都掃出去。

然後很想痛罵他們一頓。狠狠責罵這群男人。

光只是有勇無謀是不夠的，為什麼不能守護好重要的人物呢。

把人留在那裡沒關係。但應該會約好要全部人一起回來吧？

這是胡差的戰果撈客所做的約定吧？

但她沒說出口。之所以會有這種無能為力的無力感，是因為山子也一樣沒能留住那重要的性命。每個人都不知道該說什麼好，沉默不語，就像被告知罹患了難治的重病，有預感這會是永遠的痛。

「與那原有個藏身處。我們要去那裡，可以嗎？」

對於同車的又吉世喜說的這句話，山子他們無言以對。

「遺體就火化吧。」

在混亂的漩渦中救出這群男人的，是又吉世喜他們。

又吉自己吐露祕密，說他多年前在西原機場那處動私刑的場所，零曾經救他脫困。襲擊基地的零，一直都和他有合作。零的計畫，他大致也都認同。但到了最後的關鍵時刻，零說他要使用毒氣，兩人這才決裂。零說他能仔細計算，不會讓島民受害，但又吉世喜不相信他說的話。

不過，這名重視道義的男人，還是在暴動之夜來到胡差，與國吉和知花會合，得知情形後，駕車追著零和宇太衝進基地。流氓一面與美軍開槍互擊，一面順著宇太的行進路線，衝進混亂的漩渦中，將歐文．馬歇爾步步進逼的同伴全部帶走，完成這項不可能的任務。歐文他們隨後緊追，但只要一來到基地外，又吉世喜他們就有地利的優勢。他們甩開追蹤的這輛車，上頭有御城、宇太，還有零。緊跟在後面的車子上，則坐著知花和國吉。

御城沉默。宇太沉默。零也沉默。

因為明明全都一起逃出來了，但並非每個人都保住了性命。

因為有一個人橫躺在車上。

山子伸手碰觸那具屍體。

那宛如沉睡般的容顏，沾在臉頰上的血漬，怎麼擦也擦不掉。

與大人一般高的宇太，躺在貨架上非得彎起膝蓋才行。

打破那三人對峙局面的，是宇太。他朝歐文．馬歇爾開槍。接著馬上遭受彈雨攻擊，被打得不成人形。暴動的結果，宇太就此長眠，再也沒睜開眼睛。

為什麼宇太他……為什麼……

發生這種事，我怎麼有辦法原諒零呢。

就算只是當跑腿，也不該將宇太捲進這種荒唐的計畫中啊。

再怎麼痛罵也不夠。再怎麼責備也無法消氣。但山子什麼也沒說。這世界又多了一個「永遠的孩子」。山子被眼前的現實給重重打垮。明明只要再過幾年，宇太就能加入成人的行列。

她有話想跟宇太說。但這個願望再也無法實現。

儘管如此，有件事還是非做不可。如果是要弔唁這孩子的話……

山子抬起頭來，對又吉世喜說，她想去一個地方。

「可以麻煩你沿著海岸一路往北行嗎？」

到這種地方做什麼？山子帶著對此感到納悶的御城和零前來。

三人輪流背著宇太，走進朝霧迷濛的森林。

巨樹下仍留有疊石。美軍已沒舉行演習。

並肩而立的三人，彼此互望。

他們走進一處滿是無窮黑暗的洞窟。

（你們可終於來了——）

三個人都聽到這個聲音。

在他們找到的這個地方，島上的幻影匯聚的領域。

他們面面相覷，想揮除暈眩感和眼前的幻影（既然都來到這裡，就沒必要這麼做。也大可不必怪罪到從濡溼的鐘乳石滴落的水聲，或是內部比外觀寬敞的空洞形成的回音上。不必懷疑你們心中產生的回音。因為我們史實傳承者一直在等你們到來）。山子明白。散落在洞內的這些堆積如山的破衣，還有空罐和枯萎的蔬菜殘渣是怎麼回事。變色的毛毯、結蜘蛛網的玩具、草屐帶斷裂的草屐，之所以會出現在這裡的原因，御城也推理得出來。穿舊的襯衫、短褲、A Sign店的火柴、遊樂場的骰子，每個都是零送給某個孤兒的東西。

「在進入育幼院之前，宇太好像都住在這座洞窟裡。」

就算沒聽山子說，御城和零似乎也已經猜出。

一開始知道這個洞窟時，山子的直覺失準。

這裡並未用來藏匿火拚用的黑市槍械，或是發送用的「戰果」。

「小清那女孩在日記上寫的『妖怪』，應該是指在洞窟內喪命的島民亡靈。不過……」

「為什麼宇太會住在洞窟裡？」

「他是戰後出生的。」

「這個地方，他連對我也沒說過。」

御城和零都茫然自失。在山子的引導下，三人互相談到那段濃密的歲月發生的種種。因為是這樣的黎明，所以應該有話聊才對。應該會有三個人一起歸結出的場所才對（我們史實傳承者也一直在等候這一刻的到來。希望他們能以自己在人生中得到的收穫，來填補各自的空白。他們三人應該都想知道，那三人份的記憶所引導出的事實）。

「我想問你們關於阿恩的事。」山子接話道。她真的已好久沒提到過這個名字。「當時阿恩離開了基地，但他被走私集團抓走，帶往離島，是這樣沒錯吧？」

「為什麼提到我大哥的事。」

「你別問這麼多。是這樣沒錯吧？」

「沒錯，被帶去惡石島。被迫在久部良底下工作。」零抬起雙眼。「美國人前往搜捕時，他想逃脫……」

「美國民政府前去搜捕嗎？」御城也開口道：「我認識的諜報員也在追查阿恩的下落。他們明明是日本人，卻能使用『大象柵欄』，那是島上最好的通訊竊聽設備。根據蒐集到的情報，他們深信從離島返回的阿恩就潛伏在島上的某處。」

「這不可能，應該是聽了傳聞，自己這麼認為吧。」

「確實時常有生存說在外面流傳。」

「因為假冒大哥的人就是我。」

「果然是你。你到底想幹什麼？」

「利用我大哥的名義，誆騙島上的流氓。」

「你這傢伙，太惡劣了。就是因為你，把情勢搞得這麼複雜。」

「因為我大哥的威名在島上很吃得開。不過等等。」

「要是你沒擬定這個半吊子的計畫……」

「惡石島上的那些人說，美國人前來搜捕時，負責交涉的是日本人。」

「如果是他們，就算是天涯海角，他們也不會放過。也許就是我所知道的那名日本人。搞不好那次的搜捕，就是為了緝捕之前讓他溜掉的那名男子。」

「為什麼不惜這麼做也要逮捕我哥？」

「你可真健忘，謝花丈不是留下一句遺言嗎。」

「我當然還記得，你這個窩囊的傢伙。是『不在預訂定計畫裡的戰果』對吧。」

「誰窩囊啊。你先閉嘴，那班人不惜追查到離島，如此執著，應該是為了那個目的吧？不是要把東西搶回來，就是要湮滅證據。」

「少囉嗦，你這個滿臉眼屎的傢伙。要不是你出面阻撓的話……沒能查出謝花丈說的『戰果』是什麼，全是你的錯。」

放著不管，兩人便互相辱罵，互揭瘡疤（他們看起來還是一樣感情融洽，這樣就放心多了），但聽他們兩人這樣說，山子的懷疑也逐漸掌握了輪廓。她心中暗自加快的心跳，與那宛如脈搏般的空間鼓動，似乎逐漸同步。

「我也許已經明白是怎麼回事了。」

御城和零對她投以疑惑不定的眼神。即使花了二十年的歲月，仍無法解開的人生最大謎團，胡差那平白消失的緣由始末，現在全都得以解開——山子的心情，就像在撿拾風葬的遺骨般，一一將長眠在洞窟裡的真相碎片拼湊在一起。

從一九五二年起，美國人在統治領地展現威權。早在全島無人不曉的嘉手納幼女殺害事件發生前，連在美軍裡頭也惡名昭彰的海兵隊在島上駐守前，不祥的風暴便已襲向胡差的婦孺。

雖然不是每個美國人都如此，但有部分的美國大兵確實很享受在統治領地上的「狩獵活人」。大搖大擺地闖進民宅（有時獨自一人，有時成群結黨），攪亂島民平靜的生活。有父親親眼目睹自己女兒遭殺害（幾年後，也追隨孩子的腳步，上吊自殺），有母親背著幼子，一同被美國大兵擄走（後來母子皆化為白骨，被人發現）。有放學途中被拖進吉普車裡，之後哭著走回家的女學生。有被五名美國大兵用卡車載走（抵達荒廢的兵營後，有更多美國人兵等在那裡），遭他們輪暴的女服務生。就連男孩，或是出生才九個月大的嬰兒，也遭受攻擊。有婦女為了保護自己的孩子，而被拖進甘蔗田強姦，最後遭槍托毆打致死（有誰在哪裡遇害，講都講不完。受過同樣處境的島民不勝枚舉）。

可怕獸欲的暴風，在胡差留下深邃的傷痕（當中泰半都不為世人所知）。在發展為全島展開抗議運動的嘉手納幼女殺害事件之前，大部分島民都已放棄，只會含淚入眠。

當中自然有不少女人意外懷孕。

她們蹲在鐵絲網外，雙手合十，向祝女之靈求助。

早晚都向基地內的御嶽祈願。

神啊，紫女士，請救救我。

請拯救我們的靈魂。

某個精靈送行之夜……

一位即將臨盆的女孩，站在基地的鐵絲網外。

如果不是意外懷孕，她應該會成為某人的母親。

她今年才十七歲。

一位很喜歡跳哎薩，有著濃眉大眼的健康女孩。

當時她苦思良久。最後獨自剪破鐵絲網，闖入基地，走了一整晚後，終於來到紫女士的御嶽。在故鄉的聖域呼喚下，她想在紫女士的靈力下，祝福肚子裡的孩子。同時也想在基地裡產下這孩子，當作是一種復仇（現在回頭看，這根本是自暴自棄，一切全豁出去了。應該是產前的微燒讓她失去了理智）。

不過，身懷六甲還如此勉強自己，果然產生了影響。她失血過多，無法回到基地外。比起同一天發生的戰果撈客搶奪事件，美軍反而更全力追查這起事件的始末（管理御嶽的島袋女士是這麼告訴山子的）。同時對出入基地的雇員下封口令，以解雇來威脅他們，甚至出動諜報員，不讓島上的報社和警察知道此事。為什麼要做到這種程度？因為根據一項可信度頗高的傳聞，讓這名女子懷孕的人，在美軍裡頭算是頗有身分地位的人。正因為是軍官、高級官員、民政長官（在高級專員制之前的美國民政府最高負責人）級的人物，所以在特別命令下，出動祕密警察，想查出真相的軍方雇員遭受暴行對待，隔天便失蹤的情形層出不窮。而那名母親用自己的死做交換，在基地裡產下的嬰兒，想必也暗中被人處理掉了，令人感嘆。

他們想起的，是摻雜在風中的嗚咽……

那是故鄉的聲音。御城和零的雙眸和嘴唇都因驚訝而顫抖。

「是那天對吧。當時那名孕婦就在那裡對吧。」

「應該是。只能說這是一場不可思議的機緣。」

「我也懂了。我明白妳說的話了。」御城雙眼充血。「那裡存在著某個超乎常人所能理解的事物——時隔二十年後，仍舊保留了下來。我們今晚在基地裡前往的，也是那個地方。那裡開著花，地上疊著石頭，並吹來一陣非來自陽間的風。」

「這可是件大事啊。那裡是這樣的一個地方嗎？」零也睜大眼睛。「二十年前的那一晚，我大哥也來到那個地方嗎？」

「嗯，我也這麼認為。他大概是跟在你們後面。」

「那孩子是在基地裡產下的，這麼說，那不在預定計畫裡的戰果指的是……」

「大概就是當時出現在那個場所的……」

「一名剛出生的嬰兒？」

太棒了！

天啊！

在基地裡的御嶽產下的新生兒。

如果是孤兒，應該會叫他「基地之子」。

「如果放著他不管，或許就會當場死亡。」山子也提高了音調。

「他替嬰兒切斷臍帶，抱著他跑嗎？」御城連眨眼都忘了。

「我大哥他抱著嬰兒衝出基地？」零也說出同樣的話。

「因為是阿恩啊！」山子說這話時，近乎喊叫：「我們不是一直都搞不懂阿恩是如何逃出基地嗎？

應該也是那名嬰兒替他解決了這件事。」

「原來如此，美國人也不全然都是壞蛋。」御城接話道：「有讓地方上的姑娘懷孕的壞蛋，應該也有自己孩子留在國內，有家室的人。儘管面對戰果撈客這樣的對手，但是看他懷裡抱著一名哇哇大哭的嬰兒，應該會有美國大兵不忍心拿著步槍對準他才對。」

御城說，可能是衛兵替他引路，或是讓他坐上車吧，說不定他還是正大光明地通過出入口呢。離開後，目睹他出現的邊土名說，他是從第一出入口跑來的。阿恩有傷在身，不可能從戒備森嚴的出入口附近強行突破。阿恩從第一出入口往西邊跑，轉進北谷，前方有一家大醫院。

「這座洞窟裡頭還有空間。」

最早發現這裡頭空間寬敞的，是零。

三人一同走進洞窟深處的岔路。

在洞窟最深處，有一張腐朽的床鋪。

還有木雕的牌位。雖然手法很不成熟，但算是一件外形工整的勞作。

褪色的毛毯包裹著某個東西。那東西堅硬，而且悄靜。

現場只聽得到三人的呼吸聲。有個預感，有種感覺，震撼著他們三人的心。

所有想像，此時都將歸結為一個現實。某個東西不斷往御城、零、山子體內湧入（這時他們三人都不再抗拒，準備接受眼前的事實。他們島上土生土長的本能，從找到的這處場所裡嗅聞出盈滿他們四周的這一切事物的真實身分）。釋放灼熱蒸氣的幻想、島上的鼓動、不為人知的故事回響，興起濃密的漩渦，從三人的皮膚內外相互擠壓。祖靈一陣躁動，歌聲傳向血肉和骨骼，他們一直在找尋的那個男人的軌跡，化為一道奔流，彼此串連在一起。

岔路的盡頭處，安放著一具人骨。

有顱骨、胸骨、肋骨、腰骨、手骨、腳骨，正好是一具完整的骨骸（啊，對了，這裡是世界的盡頭——）。

那裡有時間的連環，有時間的深度。有個人物再次出現在他們三人的世界。

三人的眼中棲宿著火焰。無限高溫的鼓動，愈跳愈急。

感覺就像那顆骷髏頭在訴說著什麼。

現在已找到阿恩的軌跡。

摯友那令人目眩神迷的活躍表現、愛人那無窮盡的經歷、大哥那令人引頸期盼的歸來——

零說過，我大哥曾幫忙久部良走私。這應該是為了不讓那名帶走的「基地之子」被賣給人口販子所做的交換條件。在離島照顧他的女孩是位聾啞人士（這是又吉說的）。根據在中國的黑市聽聞的消息得知，久部良都會將他們差遣的人舌頭割除。我大哥也被割除了舌頭！

御城說，如果只有阿恩的話，應該有辦法逃掉才對。他之所以無法冒險逃離，是因為有「基地之子」在。然而，美國民政府（和那些日本人）的船隊出現時，他決定賭一把。他想趁亂搭船離開，但因為那些不怕死的久部良與美軍開戰，結果他的船被火箭砲擊中。

不過，他沒有成為海中的藻屑，山子說。因為那名聾啞的女孩挺身保護他，零說。阿恩順著潮流游泳，御城說。吐噶喇是一座群島，零說。也有可供藏身的無人島。如果是我大哥，他一定有辦法靠一艘竹筏，陸續越過零星布滿海上的島嶼，一路南下，看出暖流與寒流的分界，在星光的指引下，花了漫長的時間，與「基地之子」一起划船回到故鄉的島嶼。

追兵並未因此放棄。美國民政府的諜報員想奪取那名「基地之子」（當事人說，掩滅醜聞也是工作之一）。阿恩小心提防地登陸，不讓漁船的燈光照到。但船隻的通訊以及偵察衛星還是留下了一些證據。日本人提出的「島內潛伏說」說得沒錯。但你們看這具遺骨——他左右的大腿骨上有幾處槍傷。這是先前揭發走私集團時，在那場亂鬥中受的槍傷，再加上硬撐著渡海數百公里遠，使他的雙腿就這麼廢了。他爬上漂流抵達的海濱，藏身在洞窟裡，但滿身創痍的阿恩已無法動彈。當時「基地之子」三歲。聽不懂話，也不會向人求救。

人們當他是個窮酸的流浪兒，對他百般嫌棄，他能偷來食物已是竭盡所能。阿恩在森林的洞窟裡長眠，無法回到地方的市街。

啊——接下來就是「基地之子」的故事了。

之後有好一陣子，他都為了守護阿恩的遺骨，而在這座洞窟裡生活，山子說。等到五、六歲時，他會遠行到嘉手納基地四周。獨自回到自己出生的土地上（這不單只是奇遇，因為在那個地方最不會餓肚子。能吃到美軍基地和特飲街所不要的垃圾和剩飯）。他在巷弄裡一直遭到排擠，但他還是努力想和人維持關係，因此認識了我們三人。但為什麼他一直都沒提過洞窟還有遺骨的事？

我們找尋的男人，與當初帶他到島上來的男人，他可能沒聯想在一起，但是他遇到我們時，剛好發生那起震驚全島的女服務生殺人事件，還記得嗎？他對那起事件（沒錯，就是骷髏頭蒐藏家那起事件）深感畏懼。他幼小、純真的心靈，深信島上的人會將洞窟裡的遺骨帶走。

此刻陳列眼前的，是英雄的遺骨，以及躺在洞窟地上的少年屍體。

山子緊擁著身體變得冰冷的少年，以及久別重逢的愛人遺骨。

灼熱迸散的眼瞳之火，順著山子的臉頰滑落。

「對不起、對不起。」

此時已無從確認這兩具遺體是因為怎樣的機緣而躺在一起。但他們三人的靈魂被擱置在奔放的時光流轉中，好不容易才有一種追上時間的感覺。變換不息的幻想，至此終於與現實達成一致。御城、山子、零，彼此都已認同。他們的話語串連出的故事，代表了唯一的事實。

「阿恩早就回來了。」御城以沙啞的聲音低語。

他顫抖的視線不是投向摯友的遺骨，而是投向宇太的遺體。

山子則是熱淚不止。

「這孩子是阿恩的戰果，我們卻……」

「阿恩用自己的人生做交換，將這條生命帶回島上，我們卻沒能守住他。」

「如果他是那一年出生，那麼，回歸日本時，他都二十歲了。」

「我們甚至無法讓他長大成人……」

一個剛出生的嬰兒幾乎都快長成大人了，耗費這麼漫長的歲月，最後終於得到了真相，然而——這就像是我們故鄉的命運一般。御城、零、山子，感覺就像再度失去這位胡差的英雄。跪在地上的三人，不斷淌落熱淚，灑向宇太冰冷的臉龐——

「應該是有什麼事，宇太覺得無法原諒吧。」

我們什麼都不知道——御城如此低語後，步出洞窟。山子意志消沉，不知過了多久，她這才站起身。

「我為了向妳贖罪……」

零喚住山子，以沙啞的聲音說道。

他本想接著往下說，卻無法接話，連同話語一起低下頭。

為了贖罪而戴上防毒面具襲擊基地？這種謝罪方式當然無法接受。但山子明白，不能只責怪零一個人。

「你不出去嗎，零？」

山子如此說道，但零還是遲遲沒站起身。瞧他那牢坐地上的模樣，就像要說他想在這座洞窟裡過一輩子似的。

「你不出去的話就算了。不過，你可別跟著他們一起走喔，千萬別因為對自己的做惡感到懊悔而咬舌自盡。要是連你也走了，阿恩和宇太並不會因此得到救贖。受阿恩拯救過性命的宇太，今晚救了你，不是嗎？」

所以我也不想向你報復。滲入血肉和骨頭中的怒意，宛如一再燒灼靈魂般的痛苦記憶，我決定全都要獨自帶進墳墓。步履踉蹌地爬出洞窟時，陽光已照亮寒氣刺骨的森林，又吉、知花、國吉專程前來迎接，御城一見到他們，便一屁股坐向落葉上。

「阿恩在裡面。阿恩早就回來了。」

御城望著樹葉間灑落的斑駁光影，平靜地說。

不過，他已化為白骨——可以聽見他的喃喃自語。

約定就是約定，這樣應該沒關係吧？

接著他緩緩站起身，手指併攏的雙手高舉過頂。與摯友的別離、無法拯救一個生命的失意與無力感、儘管如此早晨依舊到來的無常觀、暴動的火熱、弔唁故鄉的情感，御城將這一切全攪和在一起，開始舞蹈。

吉祥的遊戲　盡情的玩吧
玩到黑夜盡　旭日升
就算夜盡日升亦無妨
一路慶祝到巳午時吧
愛人的面容浮現　家中再也待不住
來吧　一起走　盡情玩樂　忘掉一切
玩樂美　舞姿美
父母更是美

既然嚷著要我跳支舞　不跳怎麼行
那就趕緊起身　一展舞藝吧

任憑混沌盤據不散，無常依舊無常，御城站起身，他的手舞足蹈，腰和腳跟，全都蓄含著從腹中發出的號啕。在煙霧迷漫的晨光下，在呼出濃密氧氣的群樹夾縫間，化為賦予大地和天空生命的運動體，不斷讓身體的輪廓產生變化，（喲伊呀那、伊呀沙沙）像海市蜃樓般，使風景從腳下開始變得朦朧，以多重的殘影加以搖晃。（嗨伊呀、伊呀沙沙沙）又吉、知花、國吉，在一旁看得渾然忘我。山子心中也在顫抖。轉頭一看，連零也探頭觀看。手中抱著宇太。「你可終於出來了。」山子說。「因為那傢伙在跳舞啊。」零應道。「已經有好幾年沒見過了，那傢伙的舞姿不容錯過。」

「因為我們非得親眼欣賞不可。在慶祝生還的酒宴中，那傢伙跳的舞，一直是我大哥的最愛。」因為過去一直禁止自己跳舞，此刻御城在沒伴奏的情形下引吭高歌，接連唱了好幾首歌，熱舞不停。（嗨伊呀、蹬咚隆、蹬西咚）御城的頭髮纏向風的皺褶，手舞足蹈令大地為之震動。（蹬咚隆、蹬西咚咚）十二月的黎明冷徹肌骨，但御城成了汗水的俘虜。為了欣賞精采的琉球手舞，似乎連森林裡的動物，以及島上的祖靈，也全都聚集了過來。

（你的歌舞當真是一絕。）

御城化為地軸。賜予故鄉生命，讓地球為之轉動。

他優雅地旋轉、跳躍，朝無限的領域躍動全身。
至於山子和零，他們已無法離開宇太身邊。

十八 遺言

我來自何方，要去哪裡？

在海上隨著波浪擺盪，我一直在思考這個問題。

在四面八方一望無際的世界，籠罩一片乳白色霧氣的最初記憶中，呱呱墜地後，過了數年人生的靈魂，受那宛如搖籃般的疑問緊緊包覆。

嗯，沒錯。我只記得這件事。連自己是誰都不知道。

如此一再反覆，反覆思索。

現在還是一樣——

我們的聲音傳到眾人耳中了嗎？代代流傳的沖繩敘事詩，隨著英雄的轉生，來到最終的風景，揭開被歲月隱藏的島上真相。「後續的故事」在這世界並不存在，不過，還是得先談到那場暴動的始末，以及關於歸還日本的紛爭。所以就繼續說下去吧，我們將化為風中塵，穿梭於時空中。

事件發生後過了幾天，那無名的夜，被人冠上「胡差暴動」的稱號。

隔天早上五點左右，軍方投下在越南也使用過的催淚瓦斯彈，開著附擴音器的宣傳車出動的琉球警察，在說服群眾「快回家吧」時，原本占滿胡差市街的暴徒，像退潮似地消失無蹤。不論是回顧島上的歷史，還是翻閱列島的戰後史，都不曾出現過的這場暴動，宛如曇花一現的幻影，就此落幕。

雖然現場留下被燒毀的美國車，憲兵和美軍都有人輕重傷，但這場胡差暴動自始至終都存在著一種不可思議的秩序。就像起義的每個人都知道怎樣才是堪為表率的英雄般——為了避免火勢延燒沿途的住家或大樓，群眾在車道中央縱火燒那輛黃牌車，而且島民之間沒起衝突，也沒出現趁火打劫的小偷。背負著這場英勇烈火的胡差群眾，將憤怒的矛頭筆直指向美國人以及嘉手納基地。

在暴動的餘燼尚未冷卻的歲末時節，胡差為了一名島民舉辦喪禮。

和某個遺骨一起火葬，骨灰撒向風中。

御城和山子也參加了這場告別式，不過零依舊沒來。

育幼院的孩子、職員、黑道流氓和不良少年同伴、女服務生。許多島民都聚集此地，捨不得和宇太告別。山子活像是哭得雙眼紅腫的彌勒佛，她一直很在意零，還說就算得來硬的，也要把他帶過來。

在那之後，零在森林的洞窟裡住了一陣子，但幾天後，御城前往探視時，零已失去行蹤。原本想趁暴動施放的ＶＸ神經毒劑，已全數回收，他在胡屋和日本的祕密據點也都已曝光，琉球警察對他下了通緝令。見御城一直都很替零擔心，山子對他說，既然零已經遭通緝，我們也只能由他去了，不是嗎？

到一九七二年歸還日本前的這段日子，對御城和山子來說，當真是眨眼即過。

美國與日本舉行用印儀式，幾乎同一時間，從彈藥庫地區運走毒氣的移送計畫也付諸執行，分多次運送，多達一千三百輛拖車駛過街頭。在運送路線周邊，大家當然展開了反對運動，每到運送日當天，居民便會自行避難，當地的學校也會停課，拖車行經的沿途擺放了去穢氣的淨鹽。

「在同意美國繼續使基地的原則下歸還，簡直可說是欺騙。我們的母親，沖繩這塊大地，一直大喊著別讓這座島淪為戰場，要還我一座和平之島。面對島民懇切的祈願，你身為一國的首相，能負起這個責任嗎？」

政治人物也持續奮戰。龜先生，再多說他們幾句！在戰後首次的國政選舉中，正式成為國會議員的瀨長龜次郎，當著佐藤首相的面追究此事，屋良朝苗主席也帶著「即時無條件全面歸還」的陳情書來到首都，想極力阻止政府不顧島民的願望，強行讓沖繩歸還日本的決定。

御城周遭有許多事都變了。當中最大的變化，是他與美國民政府已再無任何瓜葛。之後他一直都沒再和歐文．馬歇爾見面。瓦解襲擊基地的那班人之後，歐文沒等到歸還日本的那天到來，便接獲調任命令，回歸美國。

那天晚上，那個男人沒阻止手下開槍射殺，要御城原諒他是不可能的事。

不過，他與這位美國「友人」，應該還有更多話要說。

御城備感心焦。他無法靠近軍方司令部，昔日那段奉特別命令搜查的歲月，就像幻影般，離他無比遙遠。

歐文隨行的小松似乎也遭到解任，與他年邁的母親一同歸隱東北的故鄉。另一名岸丹尼呢？還是一樣沒有他的消息。他現在仍在島上從事諜報活動嗎？也許他在暴動那一晚，連同那輛黃牌車一同悶燒，化為真正的輕煙了。

先前曾收到知花寄來的婚宴請帖。這次她似乎遇上正經的男人了。他的丈夫是位預定要與建美式娛樂設施的大老闆，知花飛上枝頭當了鳳凰，之後又因破產和住家失火接連發生，落得身無分文，得重頭來過，日子似乎不好過。另一方面，成功與胡差派上演大團結的又吉世喜，成了對抗日本黑道勢力的「沖繩黑道大聯盟」的領袖，但幾年後的某天，他在訓練愛犬時，遭人開黑槍射殺。又吉晚年時，他口中的那位「幸運傳遞者」，始終不見現身。

回到地方上的御城，在諸見百軒通買了房子。他多次克服夫妻間的戰爭，幾乎都能獲頒勳章了，現在睡在妻子身旁已不會再做噩夢了。住處離特飲街太近，對孩子的教育會有不良影響——懷第二胎的幸子向他這樣發牢騷道，但御城不太擔心這個問題。

除了調查外遇和幫忙找貓的工作外，偶爾也會有大案件上門，御城請退休後的德尚先生擔任調查助手，請國吉幫忙處理會計和事務性工作。歸還日本相關的麻煩問題、尋人、查案，儘管交給御城偵探社處理。我是多次解救地方危機的名偵探，歡迎人家前來諮詢！

在歸還日本那段時間，確實忙得不可開交，所以他還是一樣沒空找尋那名人不在胡差的男子。只有偶爾工作出現空檔，而且沒爆發夫妻感情危機時，才能展開搜尋。另外，就只有很想和伙伴聊天的時候……

「之前我說過你是英雄。我一直忘了收回那句話。」

所以我才要找他——當時的御城常這樣說。

德尚先生和國吉聽了都很傻眼，但御城仍望著事務所的窗外接著說道：

「因為我們的身旁，一直都有一位真正的英雄。」

沒錯吧？現在也還在對吧……

每當有人過世，或是有孩子離開人世，便會減一分色彩和亮度的這個世界，山子一直從中找尋能讓人不會感到怯縮的處方箋。她一直在找尋這種東西，選擇當一個工作狂，當她感到心痛，無法喘息時，還有孤獨的夜晚，只要和那些帶著歡笑的小臉蛋一同共度，就能得到些許安慰。

「她人在那裡對吧？我知道的。」

山子打算等到沖繩歸還的那一刻到來，便辭去回歸協會以及教職員會的職務，專心投入教職以及育幼院相關的志工工作中。妳想不想當琉球主席的祕書官？要不要出馬競選市議會議員？她從沒想過的邀約不斷湧來，但她想繼續擔任教職，所以一律婉拒。

但山子當然也不知道未來會怎樣。她想到日本進修，也沒打算一輩子單身。

又吉最後一次打電話給零時，對他說道：

「不管你人在哪裡，一定都還是會面對抗爭和起義。因為不管任何地方，都還是會有打壓和支配。而且你身上棲宿著你大哥的靈魂。」

最近總覺得以前發生的種種，彷彿在眼前重新上演一般。就像有祖靈或妖魔在盯著我瞧似的。零吐露出自己的心聲。他不再四處拈花惹草，查訪島上各個戰爭遺跡。也曾在離島當過漁夫，但因為琉球警察找上門，所以只得開溜。

就算在故鄉當不成，去日本試試總行吧？又吉向他教唆道，但儘管零過著流浪的生活，卻不想離故鄉太遠。

「我已經改頭換面了。現在很認真在過日子。在歸還日本的同時，我也跟著重生。」

一直這樣聊下去，始終都不會有結果。就像他背負的原罪一樣，找不到出口。

最後，零對著在電話另一頭發笑的又吉說道：

「不過，如果歸還後，一切還是都沒變的話……」

我也不是完全沒想過。不過，想要再次鼓動世人，就非得發現像毒氣般的威脅，或是更勝於它的真正威脅不可。

當時零的預言說中了。

歸還日本後的沖繩，還是老樣子沒變。

為了迎接一九七二年的這天到來，琉球警察將招牌換成沖繩縣警，貨幣由美元換成日圓，要前往日本也不再需要護照。但又怎樣？就算從美國統治改變成日本統治，有這座巨大基地存在的當地人生活，還是沒任何改變。不過，民運現在已經式微，昔日那熱情高漲的民族抗爭的興盛景象已不復見。回歸日本後，島民開始做夢。或許能重拾回歸前的團結。龜先生當上首相的日子或許會到來。像以前那樣強烈的祈願，應該會再次讓這座島團結一心吧。但這只是打盹時做的夢，醒來時便會發現淚溼雙頰。

我們沖繩人一直在找尋故鄉遺失的靈魂，沒能照自己想要的方式來抓緊它，覺得很不甘心。尤其是被後悔和自責深深攫獲的御城、零，以及山子，他們無法跟以前一樣有親密的交流，儘管在這狹小的島內待在同樣的地方，但三人一樣很少聚首。

不過有時還是會偶遇，例如在共同的朋友喪禮或宴席上，欣賞別人跳哎薩舞，帶著孩子的御城與山子不期而遇，山子也曾在黃昏時分看到零站在沙灘上。三人都在心中期盼彼此相聚的時刻到來。原本令御城與山子心中備感焦急的情感，也逐漸化為追憶，每次在地方上碰面，山子都會輕撫御城兒子的頭。

「哎呀，小琉！你又長大了呢。」

御城和山子都很少談自己的事。兩人之間的關係彷彿回到從前的某個時期，有時也會懷抱短暫的夢想，不過兩人都深藏心中，對這偶然的相遇感到開心、歡笑。這樣的關係也不壞。兩人大多聊孩子的事。學生的事。琉和弟弟的事。還有宇太的事。

「當時第二次來到的那個地方，真的是御嶽嗎？」御城某次如此低語著。「最近我愈來愈不確定了。要是沒有軍方雇員維護，那裡應該早就消失了吧。」

「那孩子之所以會說自己的名字是『宇太[8]』……」

「嗯，也許是因為阿恩還能說話時，曾那樣說過吧。」

「阿恩應該是對他說，你就是在那裡出生的。宇太就這樣記住了。」

「那封信是那小子寫的對吧。」

「嗯，好像是。」

「零也說過，他隱瞞了許多事。」

「他在幫忙發送戰果的同時，偷偷附上書信。」

猜出小時候和他一起流浪的那個人便是阿恩後，宇太還是沒能說出洞窟遺骨的事。他擔心要是隨便講出這件事，這三人的命運會變得更加支離破碎，於是才多方旁敲側擊。

「他常擺出一副小大人樣，說我們三人只要在一起，沖繩就不會有問題，可常保安泰。真是個不可思議的孩子，阿恩又沒拜託他這麼做，他卻好像繼承了他的遺志似的。」

御城和零與山子變得疏遠，此事一直令宇太感到焦急。他在青春期時，想靠自己重拾他們三人的深厚情誼，於是燃起一股奇怪的熱情，他跑去找親近的流氓和女服務生諮詢。也曾因為有人語帶不屑地說阿恩已是過去的人，在島上這麼艱困的時刻，他如果什麼也沒做的話，就稱不上是英雄了，宇太一聽，馬上撲向對方打了起來。

有一天零曾對山子說：「宇太好像說過，阿恩是英雄，是最棒的戰果撈客。」

「戰果撈客是怎樣的人物，宇太可真清楚。」

「是啊。他自己也寫在信裡。」

宇太還有另一封信。若只寫給御城和山子，沒寫給零，這樣未免太不公平了。不過，也不知道是覺得難為情，還是想交給零卻沒門路，零拿到那封信，是在替他保管那封信的同伴出獄後的事。那時候沖繩已回歸日本了。

在小巷弄裡學會說話的宇太，以工整的字跡寫下他真誠的想法。

零讓御城和山子看那封信。

8　御嶽的日文為「ウタキ」，而宇太的日文為「ウタ」，音很相近。

我來自何方，要去哪裡？

我一直在思考這個問題——宇太如此寫道。

宇太沒假冒阿恩，用他自己的話語寫下這封信。

信中提到許多回憶。信中寫到阿恩最後的呼吸是怎樣，一路爬向胡差後的飢餓和孤獨又是怎樣。信中沒有任何的恨意、悲嘆、憂愁，取而代之的，是連聲喊出島上的感嘆詞「AKISAMIYOU！（太棒了！）」。黃昏的橘紅染向大海和沙灘的時刻，太棒了！彈奏三弦琴的酒宴歡樂、連靈魂也隨之共舞的琉球手舞，太棒了！島民隨興張羅的佳肴、想法化為旋律的島上語言、小巷弄裡的聽讀練習、想振翅飛向大海另一頭，蠢蠢欲動的想像力，太棒了！太棒了！柔柔細雨欲來的預感、有緊密關聯的可靠感、在防備颱風來臨的季節浮躁的心、彷彿有事即將發生的夜晚熱氣、全島團結一心時的示威熱情、神明附身般的狂野、救濟供餐時吃到的豬雜湯那可口的滋味。碰觸小清的手時變得又快又急的心跳、每天和小清一起刷牙。走進小清的房間時，竹簾碰觸臉頰的觸感，太棒了！太棒了！太棒了！島上的一切賜予我幾欲顫抖的喜悅和驚訝，太棒了！如果沒帶我到這座島上來的話，我將無法遇上這一切。能來到這裡，真是太好了。宇太在信中這麼寫道。真是完全想像不到，竟然會有這麼一座島，滿是如此美好的事物！

宇太還寫到一件事——這一切都是阿恩給我的「戰果」。面對這樣的豐富性、這麼多的寶物，就像忍不住為之雀躍般，他喊出心中幾欲滿出的驚喜。御城、零、山子，反覆看那封信。這封信證明其實一直在他們身邊的摯友、大哥、愛人，是一位貨真價實，無與倫比的「戰果撈客」。

「你也在那裡嗎，宇太？」

嗯，沒錯。我也在這裡化為地靈，成為　名史實傳承者（像怎樣？）（喏，就像這樣）（在這裡和許多生命連結在一起，一同呼吸）（不時會飛上高空，在瓦屋頂上翻筋斗，或是一面俯瞰基地，一面朝大海滑降）（也見到了小清）（平良先生也在呢）（還和從未見過的媽媽見面）（也遇到了阿恩）（真的遇到了）（今後會變怎樣？）（我們沖繩人很快就會對悲鳴和絕望感到厭煩）（會開始談到希望）（在那之前，我會一直說下去）。

我們要去哪裡？

從哪兒來，要前往何方？

是要找出這世界的儀來河內，還是要回歸原本所在的地方？

從沙灘上起飛的鳥兒，緊貼著水平線，飛過清澈湛藍的大海。英姿煥發，自由自在的在空無一物的天空翱翔。如果這聲音能傳向所有的祖先，以及現在仍生活在故鄉的後代子孫，這不斷誕生、轉變的故事，應該能一路往未來延續，帶來全新的生命。

宇太他們化為美麗、重要的祕密，永遠不會消失。

在雄渾的大海擁抱下，持續訴說著島上的敘事詩。

每個人總有一天會前往那蔚藍的水平線前方。

和隨後前來的所有兄弟，以及後世的戰果撈客一起。

但在那之前，土地的脈動仍必須持續下去。所以讓我們重新開始吧，真正面對生活的時刻到來了。

木曜文庫 011

寶島（下）

宝島

作者　真藤順丈
譯者　高詹燦
社長　陳蕙慧
總編輯　戴偉傑
特約編輯　周奕君
校對　沈如瑩
行銷企畫　陳雅雯、汪佳穎
封面設計　倪龐德
內頁排版　宸遠彩藝

讀書共和國集團社長　郭重興
發行人兼出版總監　曾大福
出版　木馬文化事業股份有限公司
發行　遠足文化事業股份有限公司
地址　231 新北市新店區民權路 108 之 4 號 8 樓
電話　02-2218-1417
傳真　02-8667-1065
Email　service@bookrep.com.tw
郵撥帳號　19588272 木馬文化事業股份有限公司
客服專線　0800-221-029
法律顧問　華洋國際專利商標事務所　蘇文生律師
印刷　前進彩藝有限公司

初版一刷　2022 年 8 月
定價　599 元（上 / 下冊不分售）

ISBN：9786263142541（紙本）
9786263142510（EPUB）
9786263142527（PDF）

國家圖書館出版品預行編目

寶島 / 真藤順丈著 ; 高詹燦譯 . -- 初版 . -- 新北市 : 木馬文化事業股份有限公司出版 : 遠足文化事業股份有限公司發行 , 2022.08

2 冊 ;14.8 X 21 公分

ISBN 978-626-314-254-1(全套 : 平裝)

861.57 111011592